真夜中ぱんち
MAYONAKA PUNCH
ワケあり動画投稿者は
ヴァンパイア!?

真夜中なのにおっはよー！
真夜中ぱんチです！

CHARACTERS
登場人物
苺子《いちご》
「真夜中ぱんチ」のメンバー。子どもっぽい発言と行動が多い
りぶ
「真夜中ぱんチ」のリーダー。真咲の血を吸わせてもらうため、動画撮影に協力する
真咲《まさき》
動画制作に命を捧げている「真夜中ぱんチ」のプロデューサー
ゆき
ヴァンパイアたちの監視役。掟を破る者には容赦しない
十景《とかげ》
「真夜中ぱんチ」のメンバー。ギャンブルとお金が何より好き
譜風《ふう》
「真夜中ぱんチ」のメンバー。控えめで恥ずかしがり屋な性格

真夜中ぱんチ

ワケあり動画投稿者はヴァンパイア!?

日日綴郎
原作：動画投稿少女
監修：「真夜中ぱんチ」製作委員会

ファンタジア文庫

3421

口絵・本文イラスト　ことぶきつかさ

CONTENTS

第一話 ヴァンパイアとのデートはいつだって真夜中

MAYONAKA PUNCH

面白いことだけを求めている。それ以外の余白を消してしまうほどに、がむしゃらに。

真咲《まさき》のＮｅｗＴｕｂｅｒ《ニューチューバー》としての活動は、とにかく猪突猛進《ちょとつもうしん》だった。

頭の中は常に企画を考えることに必死で、寝る間も惜しんでパソコンに向かって編集作業をして、時にはアンチコメントにダメージを負わされて、それでも。

『はりきりシスターズ』のまさ吉《きち》として、頑張ってきたつもりだった。

それなのに——炎上をきっかけに、青春と情熱を捧《ささ》げてきたはりきりシスから脱退させられることになったのだ。

本当に、人生とはままならない。

そして……何が起こるのかわからないものなのだと、あの日ヴァンパイアと出会ったときに、心から思った。

心地よい夜風が肌を撫《な》でる、星の綺麗《きれい》な素晴らしい夜だった。

「ヴァンパイアの能力を使えないなんて、マジでもったいない」

映《ば》えるシチュエーションを台無しにするかのような真咲の膨れっ面を見て、隣を歩いているりぶは苦笑いをしていた。

真咲は未《いま》だに不満を抱えている。

つい先日、マザーの命令とやらで『ちゅうちゅうがーるず。』の活動を禁止されたせいで、チャンネル登録百万人を達成できる千載一遇のチャンスを逃してしまったからだ。

NewTube《ニューチューブ》に懸ける真咲の想《おも》いは、並々ならぬものがある。

ゆえに、ヴァンパイアの能力を使わないチャンネルである『真夜中ぱんチ』を創設した今でも、やはり未練が残っているのだった。

「あのままいけば絶対天下獲《と》れたって！　チャンネル登録百万人の夢が、やっと現実になりそうだったのに〜！」

「まあまあ。その夢はマヨぱんが達成すればいいじゃん！　りぶも頑張るし！　ね？」

明るい声で慰めてくれるりぶは、バカだけどいい人……じゃなくて、いいヴァンパイアだと思う。

「そう簡単じゃないんだよねー……やるしかないけどさ」

「りぶと真咲と苺子《いちこ》と譜風《ふう》と十景《とかげ》なら、マヨぱんの皆ならきっとできるよ！　これからいろんなことしようね！　楽しみだね真咲！」

夜の闇の中でも元気いっぱいのりぶの笑顔は、眩《まぶ》しく輝いている。

見た目は真咲たち人間となんら変わらないというのに、りぶは四百年も生きているヴァンパイアだというのだ。

ヴァンパイアというと人間の血を吸うために襲ってくるイメージがあったのだが、どうやら今の時代では違うとのことだ。

現代のヴァンパイアが人間を襲うことは彼らの絶対的なルールである『マザー』とやらに禁止されていて、主食の血は定期的に配給されているというから驚きだ。

弱点だという先入観のあったニンニクは、食べても死にはしないけれど酔っ払ったようにおかしくなる。……それはもう、性格が変わってしまうほどに。

そして――太陽の光を浴びると燃えてしまうために、主な活動時間は夜になるらしい。

「まあ、まずはあんたらができることを考えて企画を練っていかないとね」

「うんうん！　何か聞きたいことある？　なんでも話しちゃうよ！」

足取り軽く歩くりぶを見ながら、真咲は不思議に思う。

ただふたりでお喋《しゃべ》りしながら夜に散歩しているだけなのに、どうしてりぶはこんなに楽しそうなのだろう。

「いや、今はいいや。皆のことをもっと知るために、明日にでもアンケート取るつもりだし」

「アンケート？　真咲ってばそんなに、りぶのこと知りたいの？」

「次の企画は何をやるか……やっぱ、新メンバーを中心に企画を立てるのが定石だし、十景をどう扱うかにかかってくるかな」

「無視しないでよお～！　……でも、十景を中心に企画を立てるのって怖いよ？　あいつ、何やらかすのかわっかんないトコあるし」

「そうなんだよね。ライブ配信とかもやりたいけど、変なことして垢《あか》バンになるのは避けたいし。ああーでも、何をやるのかわかんないっていい方向に転べば、超バズる可能性もあるから難しいー！」

まだ出会ってから数日なのに、真咲の中で十景は信頼のなさで信頼できる（？）存在だった。汚部屋に住むギャンブル好きのぶっ飛んだバカなんて、なかなかに強烈な個性を持ったキャラである。

「漢字の読めない苺子に『このドリルの漢字を覚えられるまで寝られません』の耐久系企画とか……いや、絵面的にアウトか？　百歳を超えているとはいえ、見た目は完全に子どもだもんなあ……視聴者の中には通報を生きがいにするような連中もいるし……」

ツインテールを揺らして動く姿は小動物のようで可愛《かわい》いっちゃ可愛いのだが、バカだらけのマヨぱんメンバーの中でもずば抜けておバカなのが苺子の特徴だ。

「おバカなところを活かした企画にしたら？　あえてのクイズ企画とか！」

「お、りぶナイス。それいいかも！　昔さ、バカな解答を連発する連中を集めたテレビ番組が流行《はや》ったんだよ。苺子は真面目な顔でとんでもない斜め上の解答をするだろうから、やらせっぽくないしイケるかもしれない」

思いつきのアイデアを忘れないように、真咲はスマホのメモ帳に残していく。

チャンネル登録者数を増やすためには面白い動画を上げ続けることは必須だが、更新頻度を上げて人目につく回数を増やすことも同じくらい大切なのだ。

アイデアが枯渇《こかつ》しないようにインプットも大切にしているが、パソコンの前で睨《にら》めっこしていても捗《はかど》らないときは気分転換に散歩をすることも多い。

それがまさに今、真咲とりぶが一緒に歩いている理由である。

夜ひとりで外に出て行こうとした真咲に、りぶが一緒に行くと言って聞かなかったのだ。

「ねえねえ、今のりぶのアイデアは真咲の役に立てた？」

「まあ、そうかも」

「やった！　嬉《うれ》しい！」

ガッツポーズで満面の笑みを見せるりぶに、真咲は少したじろいだ。

「っていうかりぶさ、今日はなんだか機嫌よかったりする？　さっきからずっとニコニコしてるけど」

「えー？　りぶ、顔に出てる？　だってえー！　真咲とふたりっきりでデートしてるんだよ？　嬉しいに決まってるじゃーん！」

「は？　デートじゃないっての」

真咲が素っ気なくあしらっても、りぶは鼻歌を歌いながらてくてくと隣を歩いている。空だって簡単に飛べるくせに、歩調を揃《そろ》えて歩くことに喜びを覚えているかのように。

……いや、空だって飛べるくせにって、前提がまずおかしいだろ。

改めて考えてみると、真咲は今、とても非現実的な世界の中で生きている。

「……やっぱ、信じられないわ。ヴァンパイアがこの世に存在するなんて」

「今さら？　真咲はりぶたちを見ても全然怖がらなかったし、最初から受け入れてくれてると思ってたけど？　……あ、でも廃病院で最初に会ったときは逃げられたっけ」

「天井からぶら下がってるやつに追いかけられたら、誰だって逃げるわ！」

初対面時のりぶのインパクトは相当なものだった。

目が合った瞬間にギランと目を光らせて、逃げる真咲を追ってくるのだ。今まで観《み》てきたどんなホラー映画よりも遥《はる》かにビビってしまった。

「でもさ、今はりぶたちのこと怖くないでしょ？　なんてったって、マヨぱんのために晩《ばん》杯荘《ばいそう》に引っ越してくるくらいだし！」

「まあ、そうだね……怖いどころか、ヴァンパイアって皆バカばっかりだなって思ってる」

「えっ⁉　そうなの⁉」

「いや、そうでしょ。もっと言うと……苺子はガキだし、譜風は地味に見えて結構クセが強いし、十景はクズオブクズだし、皆キャラ強い」

「ま、真咲？　大事な人を忘れてない？」

「大事な人？　あー……別に大事ではないけど、ゆきってやつはまだよくわかんないな。マヨぱんの邪魔してくる目の上のたんこぶ？　みたいな印象だわ」

「ちがーう！　ねえ、りぶは⁉　りぶは⁉」

「りぶは……大食い？」

「えーそれだけ⁉　真咲の中でりぶの印象って薄いんだあ……」

「いや、それだけじゃないけど」

「じゃあどんな印象!?」

「…………秘密」

「真咲い〜！」

普段は無邪気な顔をして、ちょっとキツいことを言ったら子どものように泣きついてくるりぶが、年齢にしたら四百歳を越えていて、ヴァンパイアの中では位の高い存在なんて真咲にはにわかに信じられない。

いや、確かに苺子や譜風はりぶに対して敬語を使っているし、十景と戦ったときには圧勝していたし、真実なのだろうけれど……。

真咲の視線に気づいたりぶは、効果音がつきそうなほどの笑顔を見せた。

「……あ」

その瞬間、真咲は思い出した。

「りぶってさ」

「ん？」

「私のこと好きだよね」

他のヴァンパイアにはない、りぶだけの大きな特徴に。

「当ったり前じゃーん！　どうしたの真咲？　りぶの愛を受け止めてくれる気になった？

少しだけ血を飲ませてくれたり!?」

キラキラと瞳を輝かせて体を寄せてくるりぶを、左手でぐいっと遠くへ追いやった。

「んなワケあるか。別に、ちょっと確認しただけ」

なぜかりぶは真咲《まさき》の血を強くご所望しているらしく、初めて出会ったときから執着され続けている。

真咲の血を飲みたいがために、ヴァンパイアとは無縁だったであろうNewTuber《ニューチューバー》にまでなってしまうほどに。

理由はわからないし心底不思議ではあるものの、ヴァンパイアの中でも位の高いりぶが自分のことを強く求めているという事実は、なんとなく気分がいいものだった。

「……りぶ」

名前を呼ぶと澄んだ瞳を向けてくるりぶを見て、真咲の心の中で好奇心が湧いてきてしまった。

――このヴァンパイアは一体、どこまで私の我儘《わがまま》を受け入れられるのだろう?

結果によってはもしかしたらこの先、何かの企画に使えるかもしれない。知りたいと思ってしまった真咲に我慢はできなかった。

思い立ったら即行動だ。ちょうどいいタイミングで小さな公園を見つけた真咲は、足を止めた。

「あのさ、ちょっと休憩しない？」

「うん、いいよ！　りぶもちょっと休みたいって思ってたんだ」

絶対疲れてなんかいないくせに、りぶは二つ返事で真咲に同意してきた。真咲はりぶを試そうとして、大袈裟《おおげさ》に肩を回した。

「じゃあさ、鞄《かばん》持ってくんない？　パソコン入ってるから重くて」

「もちろん！　はい、貸して」

当然のように鞄を持ってくれたりぶを見て、真咲は苦笑した。

りぶって本当にヴァンパイアなのか？……いや、間違いなくそうなのだけれど、疑わしくなってしまうほどに従順で驚いたのだ。

◇

「真咲ー！　貸し切りだよ貸し切り！　テンション上っがるー！」

りぶは今にも空を飛んでしまいそうなほどに浮かれている。真咲が慌てて公園内を見回してみたが、本当に誰もいなかった。

この公園は日中は小さい子ども連れのママやお年寄りで賑《にぎ》わい、夕方以降はカップルや中高生が、そしてもっと夜になると不良がたむろするスポットになっている。

時間帯によって利用者が明確に分かれるこの公園には今、真咲とりぶしかいない。深夜と呼べる時間だけれども、誰もいないって結構珍しい気もする。

偶然と呼んでいいのか、必然と呼ぶべきか。

「このベンチに座ろっか。はい真咲、鞄はここに置いとくよ」

「おー、ありがと」

腰掛けた真咲が顔を上げると、月も星も街灯より強く輝きを放っていて声が漏れた。

「りぶたちは陽《ひ》の光には当たれないけれど、月明かりは大好きなんだ。大好きな光を大好きな真咲と一緒に見られて、最高の気分！」

りぶの桃色と金色の混じる瞳が月光を反射して煌《きら》めく様子は、素直に綺麗《きれい》だと思った。

「……そう？　じゃあ、最高の気分のりぶにいいアイデアでも出してもらおうかな。きっと今のりぶなら最高のアイデアが閃《ひらめ》くだろうし」

「け、結構無茶振りじゃない⁉　え、えーっと……」

位が高いとか綺麗だとかを忘れるくらいに口を開くといつものりぶで、真咲はふっと頰が緩んだ。

「引っ越しの疲れがまだ残ってんのかなー、肩がしんどい。揉《も》んでもらってもいい？」

「うん、いいよ！」

また二つ返事だった。しかも、全然嫌そうな感じでもない。

真咲は首を傾《かし》げようとしたが、マッサージをはじめようとしているりぶに注意されて姿勢を戻した。

「うわ、真咲の肩カチカチじゃん！　どう？　痛い？」

「あー……めっちゃいいわ。りぶ、上手《うま》いじゃん」

「へへー♪　褒められた！」

りぶが本気を出せば真咲の体を一瞬で引き裂くことだって容易なくせに、どうしてここまで優しくしてくれるのだろう。

りぶが自分の血を欲《ほっ》していることは理解しているが、その欲を満たすためにここまで好いてくれる理由は、やっぱりわからなかった。

「……りぶ、ウインクしてみて」

「えへっ♡」

アイドルばりの完璧なウインクだった。

「鼻の穴は膨らませられる？」

「へ⁉　急になに⁉」

「できるの？」

「できるけど……」

　真顔で鼻の穴だけ膨らませるりぶの顔がおかしくて、真咲は噴き出した。

「アハハハハ！　じゃあさ、モノマネは？」

「うーん、じゃあ……『りぶ様！　わたしの分の血まで飲まないでくださいよ！』」

「苺子《いちこ》でしょ？　結構似てるじゃん！　身内ネタだけど思っていたよりいいよ！　あとはコントと漫才ができたら、お笑い方面でもやっていけるかも。コンビを組むなら誰が相性いいんだろ……」

「りぶはお笑いコンビを組みたいわけじゃないんだけど」

　それからは古今東西のお笑いについて謎に盛り上がってしまった。りぶは自分が眠っていた二十年の間にお笑いの流行《はや》りがずいぶんと変わっていることに驚いていた。

「いや、そんなことよりさ！　ま、真咲は……今、好きな人とかはいるの？」

「好きなＮｅｗＴｕｂｅｒ《ニューチューバー》ってこと？　いっぱいいるけど」

「違くて、えっと……こ、恋人、とか……」

「はあ？　いたらあんたたちと四六時中一緒にいないっつの。今の私はマヨぱんを大きくすることしか考えてないし……って、ニヤつくんじゃねえ！」

「だってだってえー！　嬉《うれ》しいんだもん！」

真咲は唇を尖《とが》らせた。どうせ私に恋人なんかいるはずがないって、バカにしているのだろうか？

「今はいないけど、恋人ができたら晩杯荘から出て行こうかな」

「ええ⁉　そんなのヤダ！　りぶは真咲と一緒にいたい！　血も飲みたい！」

「りぶは私と私の血のどっちが大事なの？」

「ん～……血だけどお……でも真咲がいないと血もないってことだから……？　うー、そんなの両方に決まってるじゃん！　選べないよ！」

真剣な表情のりぶを見て、思わず笑ってしまった。

「ちょっ、真咲！　なにがおかしいの？」

「だってさ、今のやり取りってチープな恋愛ドラマみたいだなって思って。『仕事と私のどっちが大事なの？』っていう定番のやつ。りぶ……っていうか、ヴァンパイアにはわかんないニュアンスかもだけど」

「わかんないけど、わかんないでしょって諦めないでよ！　りぶは真咲のことをもっと知りたい！　だからわかろうとしてる！　真咲にもそう思ってほしい！」

真《ま》っ直《す》ぐに見つめてくるりぶの瞳には、戸惑っている真咲が映っている。

りぶのこういう、自分の気持ちや欲望をストレートに口にできる強さを、真咲は少し羨ましく思っている。

だから――ニヤリと笑ってみせる。

「わかった。じゃあ、今日はとことん語るか！」

「うん！」

誰もいない夜の公園は、お喋《しゃべ》りにはうってつけだった。

真咲とりぶは企画のことや晩杯荘《ばんぱいそう》のこと、真面目な話からたわいない話まで、とにかくいろんな話をした。時間を忘れるくらいに、たくさんのことを。

気がついたときには、夜空に浮かぶ月がかなり移動していた。

「あー、喋りすぎて喉渇いちゃった」

「あそこの自販機でりぶが何か買ってくるよ！　何がいい？」

りぶが自分の我儘をどこまで受け入れてくれるか試していたことをすっかり失念していた真咲だったが、この言葉でハッと思い出した。

今後の企画のために、再び実験に舵《かじ》を切る。

「じゃあ、ビールお願い」

「公園の自販機にはないと思う……」

「……コーラで」

「任せて！」

　真夜中なのに——いや、りぶにとっては真夜中だからこその笑顔で駆け出していく。パシリにされて遠くなっていくりぶの後ろ姿を見ながら、心に芽生えていた疑問が少しずつ膨らんでいく感覚を覚える。

「はい、真咲！　冷たいコーラだよ！」

「……ありがと。振ってないよね？」

「もちろん！」

　自分は飲まないくせに、真咲がコーラ缶を傾ける姿をりぶは嬉しそうに眺めていた。

　……なんで？

「飲んだら寒くなってきた」

「大丈夫？　りぶの服、着る？　あ、それかギュッとして温めようか？」

「間違えた。やっぱり、暑い」

「わかった、じゃあ扇《あお》ぐ……と思ったけど、もう一本冷たい飲み物買ってきた方がいいかな。首か脇に当てるといいって昔教えてもらったんだ」

なんでこんなに、私のことを？

……試してみたくて、仕方がなかった。

自販機に行こうと再び腰を上げたりぶの手を摑《つか》んで、

「ねえ、りぶ」

「なに？　真咲《まさき》」

一体どこまで、りぶは――

真咲は顔を上げて、夜空を指差した。

「夜空に浮かぶ星をひとつ、獲《と》ってきてよ」

口に出してみたことで、ようやく冷静になった。

自分で言っておきながら、さっきまでとは比較にならないほどひどい無茶振りだと思ったのだ。

マリー・アントワネットでも石油王でもあるまいし、何を調子に乗って我儘《わがまま》を言っているのだろう。急激に恥ずかしくなってきた。

「な、なんてね。急に大喜利はじめちゃってほんとごめん！」

さっきのお笑い芸人の修業の一環なのだと思ってくれたらいい。軽く流してくれればいい。それで終わりにしたかった。

「よーし、任せて！」

それなのに、ニッと笑ったりぶはその場で屈伸運動をしていた。

「ちょ、りぶ。今のは冗だ……」

「行ってきまーす！」

真咲の言葉を遮るように、りぶは高く高くジャンプして、夜空の中に吸い込まれるように飛んで行ってしまった。

「……マジか」

真咲は呆然《ぼうぜん》と空を見上げたまま、りぶが買ってきてくれたコーラを一口飲んだ。

何をするつもりなのだろう。まさか本当に、宇宙まで星を獲りに行ったのだろうか。

いくらりぶがバカでもヴァンパイアでも、それは不可能だってことはわかっていそうなものだけれど……いや、わかっていないのか？

それとも、我儘な真咲に愛想《あいそ》を尽かして先に帰ってしまったとか？　こっちの方が断然現実的な推理になる。ただ……直前に真咲に見せたあの笑顔を思うと、りぶはそんなことはしないだろうと思ってしまう。

コーラを全部飲み切っても、りぶはまだ戻ってこなかった。

「……つーか、戻ってくるの遅くない？」

飛んでいる最中に、何かあったのだろうか？　飛行機にぶつかったとか、怪しい団体に捕まって連れて行かれたとか？

なかなか戻ってこないりぶが心配になってきた真咲がベンチの周りを意味もなくウロウロしていると、

「たっだいまー！」

りぶが明るい声であっけらかんと帰還を告げた。

「おっ、おかえり⁉」

動揺して声が裏返ってしまった。一見、りぶが怪我《けが》をしたり怒ったりしている様子は見受けられない。

「……よかったー……」

「へ？　なにが？」

心配していたことを悟られたくなかった真咲は、頭上に疑問符を浮かべているりぶから慌てて顔を背けた。

「ず、ずいぶん遅かったじゃん」

ぶっきらぼうに言っても、りぶは悪戯《いたずら》っ子のように「へへっ」と笑っていた。

「まあまあ、どうぞ座ってください」

「なに？　変なことでも企《たくら》んでいるんじゃないでしょうね？」

「まっさかあ！　真咲が嫌がることをりぶがするわけないじゃん！」

「でも……なーんか違和感があるんだよね。いつものりぶと何が違うんだろ？」

「おっ、気づいてくれた？　……じゃなくて、さあさあ、どうぞこちらに」

怪しさしかなかったものの、とりあえず促されるままにベンチに腰掛けた。

「へへ……それでは、失礼いたします」

ベンチに座る真咲の前で跪《ひざまず》いたりぶは、ポケットの中から何かを取り出して、真咲に差し出した。

「お望みの品です、真咲様」

「え……これって……」

真咲はりぶの手のひらの上から、闇の中でも輝く金色のアクセサリーを受け取った。

「いやー、さすがに星を獲ってくるのは難しかったからさあ、これで許してもらえないかなーって。ほら、月光が当たると結構綺麗《きれい》でしょ？」

夜空にかざすと輝きを増す金色を、真咲はどこかで見たことがある気がする。

思い出せないまままりぶに話しかけようとしたとき、いつもより涼しげな彼女の首元に気がついて目を見開いた。

「あ！　これ、りぶのチョーカーの飾り!?」

さっきから抱いていた違和感の正体がわかった。

りぶがいつも着けているチョーカーについている飾りが、首元になかったからだ。

「せいかーい！　飾りだけ取るのに手間取ってちょっと時間かかっちゃった。でも星を獲ってくるって話だったし、あんまり早く戻ったら宇宙まで行ったっていう説得力がなかっただろうし、ちょうどよかったかも。大事なものだけど、真咲が欲しいっていうならあげちゃうよ。っていうか真咲が着けてくれたら、りぶがいつでも一緒にいられる気分になれるからおススメ……」

「いらない」

「えー！　そんなあ！　……やっぱ、偽物《にせもの》の星は嫌だよね……ごめん」

しゅんとして寂しそうに笑うりぶに伝えたい気持ちが込み上げてくるけれど、上手《うま》く言葉にできなかった。

本物の星じゃないと嫌だとかそんな我儘を言いたいわけではないし、りぶのチョーカーがダサいって思っているわけでもない。ましてや、そんな高そうなもの受け取れないって遠慮したわけでもない。

ただ、真咲には理解ができなかったから。

りぶがそこまで自分に愛を注いでくれる、理由が。

「……なんで……？」

胸の奥から溢《あふ》れてくる、純粋な疑問。

「なんでりぶは……私のために、そこまでしてくれるの？」

聞かずにはいられなかったそれは、気がつけば唇から零《こぼ》れ落ちていた。

「え？　そんなの、真咲のことが大好きだからだよ」

間髪容《い》れずの返事に、真咲は反射的に顔を上げた。

りぶの大きな瞳に映っている真咲の顔は、動揺しているように見える。

はりシスの炎上からずっと続いている、『まさ吉《きち》』への誹謗中傷《ひぼうちゅうしょう》。

ネット上に匿名で書き込まれる心ない『嫌い』『消えろ』等の言葉に、平気なフリをしてきたものの真咲はずっと苦しめられてきた。

だから、こんなに真っ直ぐに目を見て「大好き」と好意を伝えてもらったことで、真咲の心は目に見えないモノで満たされていく感覚を覚えた。

強がってはきたものの、ここ最近の急激な環境の変化で不安定だった心はきっと、センチメンタルになっていたのだと思う。

りぶからのシンプルな好意に、真咲は自分の存在が丸ごと肯定されたかのような安堵《あんど》感に包まれていた。

「……はいはい。あんたが好きなのは私じゃなくて、私の血でしょ？」

捻《ひね》くれた返事すら、りぶは優しく受け止めて真咲の手を取った。

「真咲の血はもちろん大事！　血も含めて真咲のぜーんぶが大事！　だって、血だって真咲じゃん？」

「……まあ、そうだけど」

「だからね、真咲のため……真咲の大切な目標のためなら、なんでも頑張るつもりだよ！」

そう言って無邪気な笑顔を浮かべるりぶを見て――このとき、なんとなく。

なぜかと言われても説明ができないほど、真咲の直感としか言いようがないけれど。

りぶがいれば、真咲の目標――チャンネル登録百万人が達成できる未来が、確かに見えた気がしたのだった。

「……ねえ、りぶ」

「なに？　真咲」

ひとりぼっちになってしまったあの夜、私を欲《ほっ》してくれたヴァンパイア。

運命でも偶然でもなんでもいい。ただ、出会えたことに心から感謝したい。

「あんたやマヨぱんの皆がいれば、私の夢は叶《かな》う気がする」

「うん！　もちろん、真咲も必要だからね！　皆で叶えようね！」

真咲の心の中にある、メラメラとした情熱が燃え上がる。

それは誹謗中傷をしてきたやつらを見返してやりたいとか、はりシスよりも人気のあるチャンネルにしたいとか、そういう類の黒い燃料ではなかった。

ただ単純に、面白い動画を仲間たちと一緒に作りたいという、純粋な気持ちだった。

「よっしゃあ！　やってやる！　なんかいろんなアイデアがめっちゃ浮かんできた！　今ならバズる動画が撮れる気がする！　早く帰ろう！」

「真咲、やる気満々じゃん！　真咲が元気だとりぶも嬉《うれ》しい！」

「あ、ちょっと待って。さっきりぶが買ってきてくれたコーラの缶、捨ててくるから」

「りぶが捨ててこようか？」

「いや、自分でやるって」

もう「りぶがどこまで我儘を聞いてくれるのか」なんて、試すのはやめよう。りぶの気持ちは十分にわかったし、試すこと自体ナンセンスだったと反省している。

「ごめん、りぶ」

「ん？　なにが？」

「……ううん、なんでもない。りぶって本当に私のこと好きだよねって思って。私の足舐《な》めろとか言ってもフツーにやりそうだしね」

冗談のつもりで笑っていたら、足元に違和感を覚えた。

視線を下ろすと、りぶが真咲《まさき》の靴を脱がせているところだった。

「ちょっと⁉　なにしてんの⁉」

「え？　真咲が舐めろって言うから……」

「バカなの⁉　冗談に決まってるでしょうが！」

恥ずかしさやら混乱やらでごっちゃになった感情は、りぶの頭にかかと落としを決めるという行動に至った。

真夜中かかと落とし、略して『マヨかか』。

そう改名しても差し支えないくらいに綺麗に決まった真咲のかかと落としに、りぶは「ぐえっ」と小さい悲鳴を上げてその場に倒れ込んだ。

頭頂部にできたであろうたんこぶを摩《さす》りながら、りぶは涙目になって体を起こした。

「なにすんの～……痛いよ真咲い～！」

「うっさいバカ！　さっさと帰るよ！」

こんなときすぐに手が出ない女なら、真咲は炎上なんかしていない。はりシスを脱退なんてしていない。

真咲の性格はとても厄介だし、面倒臭いし、なかなか波乱に満ちた人生を過ごしてきたのは間違いない。

でも、そんな真咲だからこそ、りぶに出会えた。

苺子《いちこ》に、譜風《ふう》に、十景《とかげ》にも出会えた。マヨぱんを結成できた。

そう思ったら、自分の性格もこんな人生も、悪くないような気がしてきた。

りぶがくれた、真咲の手の中にある金色の星を見つめる。

星に願うなんてロマンティックなことは、真咲のガラじゃない。夢は自分で叶えるものだと思っているから。

「ほら、りぶ。これ返すよ」

「あ、うん」

りぶはアクセサリーを受け取るために手を伸ばしてきたけれど、真咲はそれを無視してりぶの首元のチョーカーに触れた。

「まっ⁉　まままままま、真咲⁉」

「動かないで。チョーカーに付けてあげる」

ヴァンパイアのアクセサリーにどれくらいの価値があるのか真咲にはわからないし、りぶが位の高いヴァンパイアだと言われても、やっぱりピンとこない。

でも、単純に。このチョーカーはりぶによく似合っていると思う。

「ま、真咲……」

顔を上げると、何かを必死に堪《こら》えているかのように切ない表情をするりぶがいた。

「なに、その顔」

「だ、だってぇ！　こんなに近くに真咲がいたらさあ、吸いたくて我慢できないよ！　ちょっとだけ！　ね？　ちょっとだけ血を吸わせて！」

「ダメでーす。百万人達成してからでーす」

涎《よだれ》を垂らすりぶを置いて、真咲は家に帰るべくさっさと先に歩き出す。

「もう！　真咲のケチ！　意地悪！　……でも、大好き！」

りぶに後ろから羽交い締めにされたかと思ったら、真咲の両足は地面から離れ、そしてだんだんとさっきまで座っていたベンチが小さくなっていった。

星がさっきよりもずっと近い。真咲は今、りぶと一緒に空を飛んでいる。

「コラりぶ！　ビックリしたっつの！　飛ぶなら事前に声かけてよ！」

「えへへっ、ごめんごめーん！　出会った夜と同じようにさ、真咲とふたりで星空を飛びたくなっちゃって♡」

悪びれもせずに子どもみたいに笑うりぶに、真咲もこれ以上小言を言うつもりはなかった。爽快感と興奮で、細かいことはすべて頭の中から消えてしまったからだ。

「うわあああ、星も街もめっちゃ綺麗《きれい》！　撮りたいなー！」

「それはしげに怒られるからダメー！　でもね、りぶはりぶができる限り、真咲の力になってあげたいなって思ってるからね！」

顔を上げると、りぶがニッと白い歯を見せた。

この笑顔に、奇をてらわない真《ま》っ直《す》ぐな言葉に、初めて会ったその日から真咲はずっと救われ続けている。

だから、いくら捻くれている真咲だって、ちゃんと〝その言葉〟が出てくるのだ。

「……ありがと、りぶ」

「うん！　あのさ、りぶが真咲に知らない世界をたくさん教えてあげるよ。だからさ、真咲もりぶたちに面白そうなこといーっぱい教えて！」

知らないこと、楽しいこと、面倒なこと、面白いこと。

これからいろんなことを共有していきたいなと思う。

「うん、わかった。これからもよろしく」

真咲を抱きかかえるようにして空を飛ぶりぶの手を摑《つか》むと、りぶは嬉しかったのか急にスピードを上げた。

「わー！　バカりぶ！　もうちょっとゆっくり飛べっての！」

「りぶ、頑張るからね！　そんで目標達成して、真咲の血をたっぷり吸わせてもらうんだ！　骨の髄まで！　たーっぷりね！」

「骨……？」

りぶが口から垂らした涎を見て、真咲は顔を引きつらせた。

「あー……そうだったわ。忘れてた」

真咲はチャンネル登録百万人の目標達成＝骨の髄まで血を吸われるという条件を思い出して、頭を掻《か》いた。

さて、どうしようか。骨の髄まで吸われたらさすがにヤバいんじゃ？

酒の力やら勢いやらがあったとしても、ヴァンパイアとの契約だというのに安易に結びすぎただろうか。

「……目標達成できたら、ね」

「ぜーったいできるよ！　ああ、楽しみだなあ～！」

まあ、この先のことはおいおい考えることにしよう。

とりあえず、今は。

スキップするかのように上機嫌に空を舞うりぶとのふたりきりのデートとやらを、思いっきり満喫しようか。

第二話

「第一回・誰が一番賢いのかゲームで決めてみた」

MAYONAKA PUNCH

マヨぱんの撮影のために、メンバー全員が晩杯荘《ばんぱいそう》のリビングルームに集まっている夜のことだった。

きっかけは、パソコンを操作しながら真咲が口にした素朴な疑問だった。

「あんたらが大抵バカなのはわかってるんだけどさー、実際にヴァンパイアのIQってどれくらいなの？」

「えー？　りぶたちは……」

「バカ」という前提を否定しようとしたりぶだったが、上手《うま》く言葉が出てこなかった。

苺子は言わずもがなだし、譜風も案外抜けている。十景にいたってはクレイジーという属性も追加されているわけで。

「……確かに……」

「りぶ様、簡単に認めないでください！　……ちなみに、IQってなんですか？」

苺子は頭の上にクエスチョンマークを浮かべていた。

「ＩＱとは……知能指数、人間の認知能力を測定するための指標、らしいです。これってヴァンパイアにも適用されるのでしょうか？」

スマホで単語の意味を検索していた譜風が淡々と説明文を読み上げた。りぶも譜風のスマホの画面を覗《のぞ》き込む。どうやら学力テストみたいなもので測れるらしいが、興味もやる気もない。

「まあ、人間のことはりぶたちには関係ないね。誰が一番賢いのかもわかりきってるし」

離れた場所でタバコを吸っていた十景もやってきて、「そうだねえ」と同意した。

「テストするまでもないねえ。晩杯荘で一番賢いヴァンパイアっていったら……」

「りぶだね」「わたしですね！」「私だと思います」「あたいしかいないだろ？」

四人が一斉に自分が一番賢いと主張したため、場は一瞬、しーんと静まり返った。

皆それぞれ「何言ってんだこいつ……？」とでも言いたげな表情で、仲間たちに憐憫《れんびん》の目を向けている。

「え？　皆自己評価高くない⁉　どう考えたってりぶじゃん⁉」

「はあ？　りぶなんて、真咲の血のことになるとそれしか考えられないだろ？　だったら、いつだって冷静で勝負勘の強いあたいが一番賢いに決まっているじゃないか」

「十景！　譜風はまだしも、わたしをライバルとしてカウントしていないのはどうしてですか⁉」

　十景に反論する苺子を見て、

「……私、苺子ちゃんと同等以下に扱われているんですか……？」

　譜風が一番ショックを受けているみたいだった。

「漢字も読めないやつが賢いわけがないだろう？」

「十景に言われたくないです！　ギャンブルやる方がお金の計算ができないバカです！」

「ギャンブルとお金の計算はまた別の話じゃないかな……？」

　おずおずとツッコむ譜風を追い風に、十景は苺子に畳みかけていく。

「だろ〜？　譜風もあたいと同意見ってことは、やっぱり苺子が一番バカなんだよ」

「違います！　だったらふたりともレシピ見ないでごはんが作れますか⁉」

「うーん、苺子。ちょっと論点がズレてるかな」

「あー！　りぶ様までひどいです！　ついこの間までスマホの使い方どころか、存在すら知らなかったくせにい！」

　苺子の言葉に十景はハッとしたように目を見開いて、りぶを指差した。

「そうか……あたいは気づいたよ。賢さを知識で測るなら、二十年間ずっと眠っていたりぶが一番世間知らずの一番バカってことになるんじゃない？」

「なるほど、じゃない！　十景《とかげ》も苺子《いちこ》も譜風《ふう》も皆バカじゃん⁉」

それから、四人の言い争いはエスカレートしていった。

最近の取るに足らないどうでもいいことから、何十年も前のちょっとした事件にまで言及したりして、収拾がつかないまま時間だけが過ぎていく。

無駄に白熱した議論が続き、皆が肩で息をしはじめた頃、疲弊したりぶが提案した。

「もう埒《らち》が明かない！　誰が一番賢いのかゲームで決めようよ！」

りぶがそう言った瞬間、これまで皆の争いをくだらないと言わんばかりに完全無視していた真咲《まさき》の目が、キランと光った。

「それ採用！　動画にするから撮らせて！」

今まで静かだった真咲が急に大声で割り込んできたものだから、りぶたちは驚いて口を閉じた。

「え～、でもさ。他人がやるゲームって需要があるの？　ゲームって自分がやるから面白いんじゃないの？」

真咲はいつも企画を考えているし真咲が編集する動画はどれも面白いと思うけれど、りぶたちがゲームをするだけの様子を撮ってもつまらないのではないか、とりぶは思った。

「「……なるほど」」

「わかってないなあ、りぶ。ゲーム配信ってジャンルとして大人気だし、NewTuber《ニューチューバー》としては鉄板ネタだって。あ、でもただわいわいゲームするのもいいけど、もっと盛り上げたいし罰ゲームありにしよう！」

「「「ええ〜⁉」」」

すでに真咲はやる気満々だった。こうなったらもう誰も真咲を止められないことを知っているりぶは、苦笑するしかなかった。

「まあ、チャンネル登録者数を増やすためってことで。皆、いいね？」

りぶが言うと、三人は渋々といった様子だが同意してくれた。

「で？　罰ゲームってなにをするんですか？」

苺子が尋ねると、真咲はニヤリと笑った。

「罰ゲームはそうね……隠している秘密を暴露すること！」

「ええ⁉　そ、それは勘弁してください！　秘密なんてここにいる皆にすら話したくないのに、動画になって全世界に発信されるなんて嫌ですぅ！」

引っ込み思案で恥ずかしがり屋の譜風は悲痛に訴えている。そんな譜風の震える肩を優しく叩《たた》いたのは、十景だった。

「面白いじゃないのさぁ。あたいは賭けが好きだから賛成だよ……！」

「罰ゲームに興奮できる十景さんが特殊なんですよお！」

膝から崩れ落ちる譜風にりぶがそっと寄り添うと、譜風は今にも泣きそうな顔で、わずかな希望に縋《すが》るかのように尋ねた。

「……りぶ様。このゲームって……拒否権はないんですよね？」

「……大丈夫大丈夫！　勝てばいいんだから！」

親指を立ててウインクをしてみせると、譜風は「あああああ……」と言いながら蹲《うずくま》ってしまった。

譜風には偉そうに言ったものの、りぶだって絶対に負けたくない。真咲の前で格好悪いところは見せたくないのだ。

皆がメラメラと闘志を燃やしている中、真咲はテレビの近くでウロウロしていた。

「真咲、どうしたの？」

「いや、ゲーム機はどこかなって。なんでもいいんだけど」

「ないよ？　誰もやらないし」

「マジかー……苺子あたりは持っていると思い込んでたわ。小学生だし」

「真咲！　わたしは百十歳です！」

抗議する苺子を無視して、真咲は腕組みをして何かを考えているようだ。

「まあ、いいや。じゃあ私が今から適当にボドゲ作るわ。りぶ、あそこの空の段ボール持ってきて！」

引っ越してくるときに使った段ボールを真咲はトランプくらいの大きさに均等に切り、油性ペンで何やら文字を書いていた。何をしているのかはわからないけれど、なんだかちょっとワクワクしてきた。

「よし、できた！　今からやるのは、『内通者は誰だ』ゲームです！」

真咲が口にしたゲームはりぶをはじめ誰も知らなかったようで、皆がシンクロしたように小首を傾《かし》げた。

「なんだ？　それは一体どんなギャンブルなんだい？」

「ギャンブルじゃないって。皆、知らないの？　じゃあルールを簡単に説明するわ。このゲームはマスターがひとり、内通者がひとり、その他は庶民に分かれて遊ぶの。マスターのカードを引いた人は名乗り出てね。進行役をやってもらうから」

段ボールで作った四枚のカードには、『マスター』『内通者』『庶民』『庶民』と書かれている。

「マスター以外が目を伏せている間に、マスターがテーブルの上の段ボールにお題を書く。次はマスターにも目を伏せてもらって、その間に内通者がこっそりマスターの書いたお題を確認して、目を閉じる。それから全員で目を開けて、五分間のゲームがスタート」

つらつらと捲《まく》し立てる真咲の説明が一区切りついた頃にはすでに、苺子の頭から煙が出ていた。

「苺子、ルールわかった？」

「いえ、よくわかりませんでした！」

「……どの辺からわかんない？」

「最初からもう一度お願いします！」

この時点で誰が一番おバカなのか、答えは出たような気もするのだが……真咲は面倒くさそうな顔をしながらも、撮影のためにもう一度丁寧に説明をしていた。

「……で、内通者は正体を隠しながら徐々に正解に近づいていくような質問を繰り出して、皆がお題に辿《たど》り着けるように誘導するの。正体がバレると負けだから、あくまでさりげなく誘導するのがポイントね。マスターの書いたお題を当てた後は、誰が内通者なのか全員で議論して探っていくってわけ」

お題と内通者、ふたつの謎を解決するゲームのようだ。

「よーし、りぶはもうわかった！　いつでもいけるよ！　譜風はどう？」

「はい、大丈夫です。要はインサイ……」

光の速さで飛んできた真咲に、譜風は口を塞がれた。

「権利的な問題があるから、絶対にその単語を口に出さないように」

「ふぁ、ふぁい……！」

「ちなみに、インサイ……ゲームの丸パクリにならないように、ちょっとルールは変えるから。質問に対してマスターが答えられるのは『はい』『いいえ』だけで、五分以内にお題を当てられなかったらマスターの勝ち。内通者が当てられたら内通者の負け、当てられなかったら内通者の勝ち。いいね？」

不安は残るもののまずは実践してみようという話になり、皆がテーブルの前に座った。

真咲がカメラのセットを終えたら、撮影スタートだ。

「真夜中なのに、おっはよー！　真夜中ぱんチ、りぶだよ！」

「苺子！」

「譜風です」

「と〜か〜げ〜！」

いつものようにゆるっと始まった撮影だったが、罰ゲームが頭の中をちらついているせいか、譜風と苺子の表情がいつもより硬い気がする。

「えっと、今日は『第一回・誰が一番賢いのかゲームで決めてみた』をやりまーす！　最初は『内通者は誰だ』ゲームをやっていくね！　じゃあ早速皆、テーブルの上にある四枚のカードを一枚ずつ引いていって！」

皆が順番にカードを引いていく。りぶも最後に残ったカードを手にとり……『マスター』の字が書かれていることを確認した。

「お、りぶがマスターだ！　皆、目を閉じて！」

「りぶがマスターねえ……変なお題はやめとくれよ？」

うるさい十景を含めて皆がテーブルに突っ伏したのを確認してから、りぶはここにいる皆が〝必ず知っている〟という理由で段ボールに『しげゆき』と書いて、目を閉じた。

「じゃあ次、内通者は音に気をつけながらりぶの書いたお題を見て。今から十秒後に皆で顔上げるからそれまでにね。じゅーう、きゅーう……」

内通者は一体誰なのだろう。なんだかんだ言いながらも初めて遊ぶゲームに、りぶはワクワクしていた。

「いーち、ぜろ！」

カウントダウンを終えて、皆で顔を上げた。

「な、なんか緊張しますね……サ、サスペンスドラマだと犯人探しは面白いですけれど、自分たちの中に犯人……今の場合だと内通者ですけど、内通者がいると思うとハラハラして落ち着かないというか……」

「おやあ～？　譜風の口数が増えてるねえ？　怪しいなあ～？」

「そっ、そんなことないです！　十景さんだって、なんだか目が泳いでいませんか？」

皆が探りを入れながらぎこちない顔になっている。こういうのもこのゲームの醍醐味《だいごみ》なのだろう、真咲はカメラを回しながら満足そうに頷《うなず》いていた。

「じゃあ、早速質問タイムに入ろうか。譜風から……」

「あ、待って。一旦カメラ止めるから」

突然、真咲が撮影にストップをかけた。

「どうしたの？　りぶたち、なんか間違えちゃった？」

何か重大なやらかしでもあったのだろうか。怒られると思って身構えていると、

「あのさ、質問する前に変顔してよ。そんで、マスターであるりぶを笑わせたら発言権を得られるってルールにして」

なんとも突拍子のないルールの追加を提案された。

皆が唖然《あぜん》とするなか、真っ先に反論したのは譜風だった。

「そんなルール、インサイ……ゲームにありましたっけ⁉」

「ないよ。今私が決めた。だって、ただ順番に質問していくだけじゃつまんないじゃん？

NewTube《ニューチューブ》には動きがないとね」

出演者の尊厳を考えていない、なんとも横暴な理由である。

だが〝面白くなる＝チャンネル登録者数が増える＝真咲《まさき》の血〟という方程式がりぶの脳内で導き出された結果、譜風《ふう》には申し訳ないけれど、りぶは完全に真咲側についていた。

「さあ皆、やるよ！　本気の変顔、全世界の人に見せてやろう！」

「「おー！」」

「誰が一番賢いのかを決めるためのゲームではなかったのですか……？」

変顔に恥じらいがないのか乗っている苺子《いちこ》と十景《とかげ》に対して、譜風は冷静にツッコんでいた。しかし正論を口にしたとしても、変顔は避けられないのだ。

「大丈夫大丈夫、勝てばいいんだから！」

「ま、またそれですか……でも、質問せずに勝てるわけがないじゃないですかあ～！」

「ほら泣くな譜風。んじゃ、撮影再開するからね。三、二、一……はい！」

無慈悲な真咲の合図をきっかけに、四人は撮影モードに戻った。

「えっと、じゃあ質問タイムねー。誰からいく？」

「あたいからいこうかね」

手を挙げた十景はどんな変顔を見せるのか……期待しながら視線を送ると、寄り目をしながらしゃくれていた。めちゃくちゃシンプルな変顔なのに思わず笑ってしまった。見ていた苺子も譜風も、ゲラゲラと笑っている。

「おっけー、いいね！　はい、十景！」

「それはあたいが好きなものかい？」

「……『いいえ』かなあ？　……ねえ、質問が曖昧すぎない⁉」

十景の好き嫌いなんて知る由《よし》もないけれど、十景はゆきが来る度に嫌な顔をしているしおそらく『はい』ではないだろう。りぶの返答は間違えてはいないはずだ。

「それだとわたしたちへのヒントにならないです！　お題は皆で力を合わせて当てるものなのですから、もう少ししっかりしてもらわないと困ります！」

苺子にしては的確な指摘にイラッとしたのか、十景は苺子のツインテールを一つに片結びしていた。解《ほど》くのが大変そうだ。

「は、はい！　質問です！」

十景と苺子がギャーギャー騒いでいる間に挙手をした譜風が、前髪を上げて白目を剝《む》いた。変顔というには物足りない気もしたが、変なツボに入ってしまったりぶは笑いが止まらなくなり、沸点の低い苺子もバカみたいに笑っている。

「……あー、おっかしー！　譜風、質問をどうぞ」

「よかった、ありがとうございます。えっと……それは私たちが実際に見たことがあるものですか？」

「これは『はい』だね」

「そうですか……ということは……」

譜風はブツブツと呟《つぶや》きながら考え込んでいる。いや、もしかしたら考えているフリかもしれない。譜風が内通者の可能性だってあるのだから。

「ハイ！　わたしも質問です！」

ピンと背筋を伸ばし、苺子はお手本のように真《ま》っ直《す》ぐに手を挙げた。

そしてそのまま後ろを向いたかと思ったら、鼻割り箸でドヤ顔を見せてきた。

「おい苺子、小道具はなしだろお〜⁉」

「ほはへ、ふふはいへふ。はふはへははんへも……」

「言えてない！　言えてないって！」

あまりに酷《ひど》すぎる顔に皆で腹を抱えて笑ってしまったけれど、これって本当に投稿してもいいのだろうか？

「アハハハハッ……はあ、笑いつかれたー。そんじゃあ、苺子。質問をどうぞ」

「その人は、ヴァンパイアですか？」

「「ええっ⁉」」

りぶと十景と譜風は一斉に驚愕《きょうがく》の声を上げた。

というか、なんだか急に核心に近い質問な気がするが……何も考えていない苺子が生み出した偶然だろうか？

「えーっと……『はい』」

りぶが答えると、

「「ええ⁉」」

十景と譜風がまた声を出してざわついていた。これでもう答えが大分絞られたからだ。

内通者は誰なのか、りぶはすでに正体がわかっていた。……というか、今のでわからないやつがいたらそいつは本物のバカだと思う。

十景と譜風のふたりが目を見合わせていた。

「……苺子、あんたはどうしてヴァンパイアかって聞いたんだい？」

十景の視線から逃れるように、苺子は目を泳がせた。

「と、十景？　ルールをわかっていないのですか？　い、今はりぶ様に質問する時間ですよ？　なんでわたしに質問してくるんですか？」

「苺子ちゃん、もしかして何か隠してない？」

「そっ……その手には乗りませんよ！　そういうのカマボコっていうんです！　わたし知ってるんですからね！」

「カマかけだよ」

譜風の淡々とした話し方が、さらに苺子を焦《あせ》らせているようだった。

「譜風までなんなんですか⁉　ま、まるでわたしが内通者だって疑っているみたいじゃないですか！」

苺子は顔を赤くしながら自滅へ向かっていく。

「ねえ苺子、ヴァンパイアって今この場にいるメンバー？」

「それは『いいえ』ですね……って！　なんでりぶ様がわたしに聞いてくるんですかあ！わ、わたしは内通者じゃないですよ！」

うっかり答えを喋《しゃべ》っている苺子のおバカっぷりが楽しくなってきたりぶたちが遊んでいると、ジト目でこっちを見ている真咲と目が合った。「そろそろまとめんかい」という指示が飛んでくる。

「も、もういいかな。えーっと、変顔なしでいいから誰か、答えを言ってよ」

りぶがそう言うと、自信たっぷりの顔で十景が挙手をした。

「よーし当てにいくよお。りぶの書いたお題はズバリ……ゆきだ！」

正誤を確認するために、三人が一斉にりぶを見る。

りぶはふっと笑ってから、大きく頷いた。

「……だいせいかーい！　いやー、皆思っていたよりバカじゃなかったよね！　このゲームでこんな収穫があるなんて思わなかったよ！」

動画で使えるように綺麗《きれい》なコメントを残しておこうと頑張るりぶを見て、十景は肩をすくめた。

「本来ならあたいも手放しで喜びたいところなんだけどねえ……今回ばかりは調子にも乗れないね。……内通者がアホすぎて」

そう言ってタバコを咥《くわ》えた十景から、苺子はすっと目を逸《そ》らしていた。

「内通者だと思う人を、一斉に指差すか。せーのっ！」

苺子は譜風を、それ以外の三人は苺子を指した。

「な、なんですか皆？　もっとよく考えた方がいいんじゃないですか？」

「そういうのいいから、さっさと持ってるカードを裏返しな」

冷や汗をかきまくっている苺子が、十景に急《せ》かされて渋々自身のカードを裏返すと……

そこには、『内通者』の文字が書かれていた。

「というわけで、『内通者は誰だ』ゲームは苺子の負け～！」

「ぐわあああ！　なんでですかあ！　完璧な演技だったのにいいい！」

頭を抱えながら苺子が膝をついた。

どこが完璧だったのかは甚だ謎だが、苺子の敗北と罰ゲームが決まったのだった。

◇

椅子の中央、そしてカメラの真ん前に座らされた苺子は、絶望的な顔をしていた。

「うう……罰ゲーム……隠している秘密を暴露、ですか……」

「苺子、そんなこの世の終わりみたいな顔すんなって。何があったって、りぶたちは側《そば》にいるからさ」

できるだけ優しい声をかけてやると、俯《うつむ》いていた苺子は「りぶ様……」と目を潤ませながら顔を上げた。

そしてついに覚悟を決めたのか、皆が見守っている中で苺子は大きく息を吸った。

「……わかりました。わたしが隠していた秘密を、言います。じ、じつはわたし……」

皆が、息を呑《の》んだ。真剣な面持ちで、震えながら言葉を絞り出そうとしている苺子の発言に集中した。

「昨日の夜……歯磨きをせずに、寝てしまったんです……」

苺子の懺悔《ざんげ》のあと、数秒の沈黙があった。りぶも、譜風も、あの十景ですら、微動だにできずにいる。

ああ、苺子。なんて、なんて――

「……苺子……なんで……！」

あまりの恐怖にりぶは戦慄した。

マザーの怒りを買ったときと同等……いや、もしかしたらそれ以上の大罪だとも思った。

「そ……そんな恐ろしい真似《まね》を……!?」

十景が両腕を抱え込むように震えている。

「い、苺子ちゃん！　辛《つら》かったね……！　でも、言ってくれてありがとう。大丈夫、今からでも取り戻せるよ！」

譜風が苺子の手を取り、これでもかというほど優しく慰めている。

人に言えなかった秘密があったとしても、苺子にはこうして側にいてくれる仲間がいる。

それはどれだけ幸せで、恵まれていることだろう。

ふたりの友情をりぶが温かく見守っていると、真咲《まさき》がパンッと手を叩《たた》いた。

「ハイ、ここで一旦カットねー。っていうか、一回歯磨きサボったからって大袈裟《おおげさ》じゃん？　別に大犯罪したわけでもあるまいし」

あっけらかんと口にする真咲にりぶは愕然《がくぜん》とした。一体真咲はどれだけ怖いもの知らずだというのだろうか。

「大袈裟ってどこが⁉　む、虫歯になったらどうするの⁉」

「どうするって……歯医者に行くでしょ、普通」

「治療するのも痛いでしょ⁉　でも放っておいても治らないどころか、悪化してもっともっと痛くなるでしょ⁉　そんな地獄考えられる⁉」

「……………あっそ」

どうして真咲にはこの恐ろしさがわからないのだろうか。りぶがこんなに強く訴えかけているのにまるで響いていなそう……というより、冷ややかな目を向けられていた。

「虫歯とか歯医者とかはどうでもいいよ。とにかく今私が言いたいのはさー、この動画、ほとんど使えないよってこと」

「「「……え？」」」

皆が目を瞬《しばたた》かせながら、一斉に真咲の方を見た。

「ま、まままマジで⁉　なんで⁉」

「なんでって……面白かったからとりあえず最後まで撮ったけど、ヴァンパイアって言った時点でもうこの動画はほとんど使えないでしょ」

「うっ……」

「ヴァンパイアですか？」と質問していた苺子《いちこ》が、しゅんとした。

「そもそも、りぶもお題として動画に出たこともない身内の名前出すとかダメじゃん。視聴者には何もわかんないんだから」

「……ああ⁉　そっか！」

こんな単純なミスにどうして気づかなかったのか。情けなくなったりぶは、ガックリと肩を落とした。

「りぶも苺子もやっちまったねえ。となると、やっぱり一番賢いヴァンパイアはこのあたいってことになるんじゃないか？」

「は？　十景《とかげ》も譜風《ふう》もミスに気づかなかったから止めなかったんでしょ？　ってことは、全員バカだわ」

「なんだとコラー⁉」

「図星でしょ？」

怒る十景を真咲は適当にあしらっていた。

「いや、でもさ。真咲も途中で止めてくれたってよくない？　……本当は真咲だって、最後までりぶたちのミスに気づかなかったんじゃないの？」

　お題からしてほとんどボツになるのが決まっていたのなら、最初から止めてくれたらよかったのに。そうしたら無駄な時間を使わずに済んだではないか。

「ふーん……言いたいことは、それだけ？」

　りぶのささやかな抗議を、真咲は笑って受け止めた。

　……なんだろう。とても嫌な予感がする。

「だって、皆の変顔と苺子のくっだらない暴露だけは、今後どこかで使いどころがありそうだからさ。あとで編集していつでも使えるようにしておこうと思って」

「「「……はあー⁉」」」

「い、生き恥じゃないですかあ！」

「ふっざけんな真咲！」

「うるさい！　文句言うやつは今すぐ変顔を全世界に配信するからな！」

「脅迫じゃん⁉」

　皆の猛抗議が始まったのは、言うまでもない。

◇

ひと悶着《もんちゃく》あってから、数十分。ようやく落ち着いてきたりぶたちは、次はどのゲームをやるか決めるための話し合いをしていた。

「もっとシンプルなゲームにした方がいいんじゃない？」

一回戦での惨状を踏まえた真咲の提案に、全員が頷《うなず》いた。

「そうだね。ルールが複雑だと、苺子みたいに理解できないまま終わるしね」

「つ、次はもっと簡単なやつにしましょう」

りぶと譜風の言葉を受けて、真咲は頭を掻《か》いていた。

「あんたらでもできる簡単なゲームで、かつ、動画にしたときにある程度の盛り上がりを作れそうなやつだと……あ、そうだ」

どうやら閃《ひらめ》いたのか、真咲は再び引っ越しの際に使った段ボールに何か文字を書きはじめた。さっきまでと違うのは「こっち見んな」という命令が加わったことだ。

油性ペンのキャップをカチッと閉めた真咲は、

「はい、注目！」

と言って、りぶたちの視線をその身に集めた。

「次は『おでこのワードはなんだろな』ゲームね！　自分の頭に巻いたバンドに挟み込んだカードに書いてある単語がなんなのか、他のプレイヤーに質問して当てる。これだけだし簡単でしょ？」

「それってあれだろ？　ヘッドバ……」

光の速さで飛んできた真咲に、十景は口を塞がれた。

「権利的な問題があるから、絶対にその単語を口に出さないように」

またこのパターンか。りぶが苦笑いしていると、真咲はさっき自分が書き込んでいた段ボールのカードをりぶ、譜風、十景の額にガムテープで貼り付けた。

「頭にバンド巻くって言ってなかった⁉」

「映《ば》えより予算重視！」

「ひどいよ真咲！　剝がすとき痛いじゃん！」

「文句言うなって。りぶ、譜風、十景、ルールはわかった？」

三人は顔を見合わせてから、頷いた。そんなに難しくないルールだったし、おそらく大丈夫だと思う。

りぶは、敵である譜風と十景の額に貼られたカードを確認した。

譜風のカードにはウサギ、十景のカードにはタバコと書かれている。

十景がタバコなのは彼女の嗜好《しこう》から連想できるのでわかるのだが、譜風がウサギなのはどうしてだろう。連想できるもので統一されていれば、りぶの額のカードも予測が立てられるというのに。やはり真咲の方が一枚上手なのかもしれない。

「次も質問するときには変顔するってルール、続ける？」

真咲の発言に、三人は激しくかぶりを振った。

「「「やめる！」」」

「はは、だよね。まあ、変顔の撮れ高はあるからいっか。普通にひとりずつ順番に質問していくルールで、はじめよっか」

カメラの場所まで戻った真咲が合図をするのを確認してから、撮影は再開された。

「次は三人で『おでこのワードはなんだろな』ゲームをやっていきたいと思いまーす」

りぶが拍手を促すと、譜風もパチパチと手を鳴らした。

「ち、ちなみにここにいる三人は未経験者ですが、皆で頑張りたいと思います」

「譜風……このゲームでは、勝者は最初に解答したひとりだけなのさ。弱肉強食の世界だっていうのに、そんな甘っちょろいこと言ってていいのかい？」

「あ、十景さん。そういうのフラグが立つって言うんですよ？　だからきっとこのゲームでは、十景さんが負けると思います」

「な⁉　なにを言ってるんだい？　わ、わかったこれは心理戦だな？　見かけによらずしたたかじゃないか譜風……！」

「それに、負けたひとりが罰ゲームになるはずなので、勝者はふたりですね」

「そうやってまたあたいをバカにして、揺さぶりをかけ――」

十景と譜風の間に入り込んだりぶが、カメラに向かって宣言した。

「はーい、早速はじめるよー！　りぶから時計回りね。えっと、それは実在するもの？」

騒がしかった十景もゲームがはじまると、ようやく静かになった。

「『はい』だねえ。なんなら、あたいは……」

「ストップです十景さん！　『はい』か『いいえ』しか言えないルールです！」

慌てて譜風が止めていたが、ゲームの難易度を下げてもまだ理解力が足りないとは。十景は一体、なんのゲームならできるというのだろうか。

「じゃあ、次はあたいだね。それは、あたいが好きなものかい？」

「さっきも同じ質問してなかった⁉　十景の質問ってワンパターンすぎない⁉」

「もう、真面目に聞いてるんだからちゃんと答えてくれよ。譜風、どうだい？」

「えっと……『はい』、ですね」

喫煙者の十景がタバコ嫌いなはずはないと判断しての、譜風の回答だろう。

「つ、次は私です。それは……食べられますか？」

りぶと十景は目が合った。ふたりして「う～ん？」と小首を傾《かし》げる。

「りぶは『はい』だけど……譜風はどうだろ？」

「あたいは食べたことないかな……苺子が食卓に出さないってことは、スーパーで売ってないってことだろ？　人間もあんまり食べないんじゃないか？」

「あっ、十景のバカ！」

懲りずにベラベラと余計な情報まで喋《しゃべ》ってしまう十景の口を塞ごうとしたが、十景が反射的にりぶの鳩尾《みぞおち》にグーパンチを入れようとしてきたため、その手を払って蹴り飛ばしてしまった。

「うわ、ヤバ！」

チラッと真咲の方を見ると、明らかに怒っていた。

「ごめーん！　暴力行為ってＮｅｗＴｕｂｅ《ニューチューブ》的にはダメなんだよね⁉」

「……編集でなんとかする。続けて」

「わかった！　ありがと！」

真咲の技術ならなんだかんだ誤魔化してくれるし、面白くもしてくれるだろう。安心したりぶはゲームに集中しようと思った。

実在するもので、真咲《まさき》がお題に出しそうなもの……十景と譜風のカードに書かれた単語から推測するに、聞いたこともないような難しい単語だとは思わない。動画的にも、多くの視聴者が知っている単語が選ばれているような気がするけれど……。

まだヒントが少なすぎる。そう考えると、頼んでもないのに喋りすぎる十景のおかげで譜風はかなり有利な状況だろう。

「でもさ、譜風にとってはラッキーだったね。大分答えに近づいたんじゃない？」

「そうですね……十景さんには申し訳ないですけど」

苦笑する譜風を、ようやく立ち上がってふらふらと近づいてきた十景が睨《にら》んでいた。

「くっ……なんて高度な頭脳戦なんだっ……！　情報を制したものがこのゲームを制するってことか……！」

「どこが頭脳戦なんだよ。恥ずかしいからやめてよ」

今のところバカ丸出しのやり取りと暴力行為しかしていない。これを頭脳戦と銘打って動画を公開したのなら、めちゃくちゃ叩《たた》かれてしまうに違いない。

「気を取り直してりぶの質問ね。それはりぶも持っているものですか？」

「は、『はい』」

「『はい』だねえ」

我ながらいい質問だったかもしれない。持っているもので推理していけば、正解に辿《たど》り着くのは時間の問題だろうし。

パッと思いつくものだけでも、りぶが持っているものはたくさんある。

だが視聴者も納得するものでなければならないと想定するなら、たとえば『一緒じゃないと寝られないぬいぐるみ』とか『毎日欠かさず付けている日記帳』とかそういうものではなく、もっとメジャーな所持品であるはずだ。

……答えにはまだ辿り着けない。もう一つくらいは有益なヒントが欲しいと思った。

次は十《と》景《かげ》の番だ。腕組みをしながら真剣に考え込んでいるように見えるが、彼女のなかでは答えは絞られてきたのだろうか。

「じゃあ、質問するよ。……あたいは、それとキスしたことはあるかい？」

「いや、知らないよ⁉」

何と勘違いしているのかはわからないが、『はい』も『いいえ』も答えられるはずがない。

「あ、あの！　答えは『はい』だと思います！」

りぶは目を丸くした。譜風《ふう》は十景の恋愛事情を知っているのだろうか。

「……あたいの額のカードには一体、何が書かれているっていうんだ……？」

十景がますます混乱している間に、譜風がりぶにそっと耳打ちしてきた。

「タバコって、吸うときに口を付けるじゃないですか。だからキ、キスと言っても間違いではないと思うんです……」

「おお、なるほど！」

これは譜風のファインプレーだろう。十景は書かれている単語をすっかり人だと思い込んでいるようで、過去を振り返りながらぶつぶつと呟《つぶや》いている。

……冷静に考えてみれば、十景の過去に何があったかなんて真咲が知っているはずもないというのに。

「では、私の質問ですね。それは生き物ですか？」

「『はい』だね」

譜風の質問が的を射るようになってきた。あと数回ほどの質疑応答を経て、きっと答えを導きだすだろう。

りぶは次第に焦《あせ》りを覚えてきた。そう簡単に譜風に負けるわけにはいかない。そろそろ核心を突いた質問で答えを絞らなければならないだろう。

「じゃあ、次はりぶね。それは大きいですか？」

「『いいえ』、です」「『いいえ』だねえ」

ふたりとも即答するということは間違いなく小さいのだろうが、一体どれくらいの小さなのだろう。もっと具体的に質問すればよかった。

後悔したりぶだったが、おそらく無意識であろう十景がポケットに手を入れる仕草を見て目を見開いた。

実在して、りぶも持っていて、小さいもの。

視聴者が納得できる説得力のある、誰もが持っているであろう所持品。

——りぶの頭の中で、一つの線が繋《つな》がった。

ソファーから立ち上がって、譜風と十景に勝ち誇った顔を見せつける。

「よっしゃあ！　わかった！　りぶの額のカードに書かれた単語は……お財布でしょ⁉」

自信満々に答えを口にする。これで一抜けだ。

やはり晩杯荘《ばんぱいそう》で一番賢いヴァンパイアはりぶ以外にありえな——

「違うね」「違いますね」

「ウソ⁉　違うの⁉」

あっさりと否定されて、ショックを隠し切れずにりぶは真っ白になった。

財布じゃないならなんだっていうんだ？　また最初から考え直さなければならないのか

と思うと頭を掻《か》きむしらずにはいられない。

「ああ～もう！　悔しい！　絶対負けないからね⁉」

火が点《つ》いたりぶと、冷静沈着に答えに近づきつつある譜風と、大混乱の海の中で未《いま》だに溺れている十景。

状況から考えればりぶか譜風の勝利で早々に決着がつきそうだったのだが、そこからは三人とも思わぬ苦戦を強《し》いられた。

「それはあたいと寝た男かい⁉」

「だから知らんって！　苺子《いちこ》の前でやめろ！」

「子どもじゃないです！　苺子《いちご》って書いて子ども《こども》と読まないでください！」

「苺子ちゃんは脱落したんだから、大人しくしててね」

「それは毛が生えている生き物ですか？」

「『はい』、だねえ」

「わかりました！　私の額のカードに書かれた単語は……タランチュラです！」

「なんでそうなった⁉　っていうか、りぶが食べたことあるって思ってんの⁉」

確かに、揚げて食べられると聞いたこともあるけれど……りぶはショックを受けた。

「それはりぶだけじゃなくて、譜風も持ってる？」

「『はい』、です」

「よーし、今度こそわかった！　りぶの額のカードに書かれた単語は、うたた寝しているときの真咲の隠し撮り写真！」

「……ええ……そんなの、私が持っているはずないじゃないですか……」

「私の名前を出すなっての……あとで絶対ここカットすっから。……りぶ、その写真のデータ消すからスマホ貸して」

「え〜⁉　そんなあ……酷《ひど》いよ真咲〜……」

「隠し撮りする方が酷いだろうが！」

「痛い！　なんで叩くの⁉　でも今ので閃《ひらめ》いた！　答え言っていい⁉　いいよね⁉」

「りぶ〜？　順番は守ってくれないと困るねえ？　次はあたいの番だろ？　それはあたいと行きずりの……」

「はいダメー！　十景のとこ全カットね！　次！」

くだらないやり取りを経て、ついにそのときはやってきた。

「わかった……答えは、スマホだっ……！」

りぶが解答すると、共に戦った疲労困憊《ひろうこんぱい》の戦友たちから拍手が届けられた。

「りぶ様、お見事です……！」

「やるじゃないか……りぶ……」

見事単語を当てたりぶが一抜けした。

その後すぐに譜風も答えに辿り着き、十景の敗北と罰ゲームが決まった。

◇

人数も減ったうえに絶対に難しいゲームではなかったはずなのに、終わるまでに思ったよりも時間がかかってしまった。

頭も時間も使ったりぶたちはもうヘトヘトだった。

「真咲～、もう疲れたよお～！　今日はもう撮影終わりにしようよ～！」

「ダメ。誰が一番賢いのかを決めるのがこの企画の趣旨なんだから、決まるまでは終われないでしょ。カットも多いし」

あっさり却下されてしまった。NewTuber《ニューチューバー》って体力勝負なところあるよねってぐったりしながら思っていると、十景が震えながら再抗議しはじめた。

「真咲の鬼！　悪魔！」

「うるっさい。全然効きませーん！」

「ばっ、バーカ！　アーホ！　うんこ！」

「二百年近く生きていてその語彙力……かわいそうになってきたわ。ほら、十景。あんたが負けたんだからさっさと罰ゲームやんなさいよ」

自分の血を飲みたがっているヴァンパイアの住む家に引っ越してくるほど度胸のある人間に、口喧嘩《くちげんか》で勝とうなんて無理な話だった。

「ば、罰ゲームとかさあ、この時代にナンセンスだと思わないかい？」

「思わない。だってゲームだから。っていうかあんた、『面白いじゃないのさぁ。あたいは賭けが好きだから賛成だよ……！』とか言ってイキってなかった？」

「あれは負けるとは思わなかったからさあ……！　じゃなくて、ま、真咲は人間だろう？　人間としての価値観を押し付けられても困っちまうよ。皆もそう思うだろう？」

なんとかして罰ゲームを回避しようと同意を求めてくる十景を、皆は冷ややかな目で見つめていた。

「苺子はちゃんと罰ゲームやったんですけど？　こんな小さい子が体張ったのに、自称ギャンブラーのお姉さんはこんなことで怖気《おじけ》づくんですかあ〜？」

真咲《まさき》の煽《あお》りに十景は反論していたが、しばしの罵り合いを経てついに屈した。

「……あ〜もう、わかったよお……」

頭をガリガリと掻いたあと、十景は意を決した表情で息を吸った。

「……実はあたい……昨日トイレットペーパーを使い切ったたっていうのに、面倒くさくて補充しなかったんだ……ヴァンパイアとして最低の行為だったと思ってる。ごめん……」

数秒間の沈黙が、流れた。

りぶも譜風も苺子も怒りで言葉を失っているなか、真咲だけが首を捻《ひね》って呟いた。

「……は？　それだけ？」

「真咲ごめん。ちょっと黙ってて」

りぶは込み上げてくる憤怒《ふんぬ》の情を必死に抑えるべく、奥歯を噛《か》んだ。

「十景、謝って許されると思ってんの？」

ヴァンパイアのオーラ全開で詰め寄ると、十景はその場で土下座をした。

「ごっ……ごめんなさい……！　もうしないから許しておくれよお」

苺子と譜風も、十景を軽蔑するように見ている。

「十景《とかげ》はクズだけど……そこまで酷いやつだとは思ってなかったのに……！」

「見損ないましたよ、十景さん」

大きな非難を浴びる十景が小さくなっていく。またしても真咲だけが取り残されたように疑問符を頭の上に浮かべながら、カメラの電源をオフにしていた。

「あのさ、マジで私にはよくわかんないんだけど……たったそれだけのことで皆怒ってんの……？」

「真咲⁉　いくら真咲でも軽視した発言は許さないよ⁉」

「だってさー……くだらなくない？」

「くだらなくない！　マナーがなってないし、次の人が困るでしょ⁉」

「……あー、うん。そうだね、うん」

真咲にもやっと事の重大さが伝わったようで安堵《あんど》する。面倒くさそうに見えるのはきっと、気のせいだろう。

「それにしても、どうして十景は答えに辿《たど》り着けなかったんだろう。結構わかりやすいお題だったと思うんだけど」

真咲が十景の額に貼ったままのお題カードをガムテープごと引っぺがすと、十景は小さく悲鳴を上げた。

「あ、そうだ！　真咲に聞きたいことがあったんだ」

「聞きたいこと？　なに？」

りぶの心臓は期待で少しドキドキしている。望み通りの言葉がもらえることを願いながら、尋ねてみた。

「真咲がりぶたちのカードに書いた単語って、それぞれ意味ってあるの？」

「意味？　……あー、なんでりぶの単語はスマホだったのかとか、そういうこと？」

「そうそう！　も、もしかしてりぶがスマホだったのは、真咲の生活に必要不可欠な存在だからとか……？」

譜風《ふう》もおずおずと手を挙げた。

「わ、私もウサギだった理由が知りたいです。……も、もしかして……か、可愛《かわい》いとか思ってくれているのでしょうか？」

「へ？　りぶをスマホにしたのは、たまたま視界に入ったから。譜風をウサギにしたのは、なんとなく。十景がタバコなのは適当だけど？」

真咲は普段通りの表情と淡々とした声色で、なんとも期待外れな返事をしてみせた。

りぶの胸の鼓動は落胆と共にいつものペースに戻り、体はすっかり脱力してしまった。

「ええー……？　真咲は、あんまり考えてなかったってこと？」

「うん、そう」

変な期待なんてしなければよかった。りぶと譜風はだらりとソファーにもたれかかって、大きく息を吐いた。

「なんだあ、ドキドキして損した……」

「私……ちょっと恥ずかしいです……」

土下座体勢から体を起こした十景は、肩をすくめた。

「っていうか、りぶも譜風も結構自意識過剰なところがあるんだねえ。なんだい？　必要不可欠？　可愛い？　真咲がそんなことおまえたちに……」

りぶは十景の口を強制的に塞ぐラリアットを決めたが、カメラの電源は落としているため真咲も何も言わなかった。

「十景はさっさとお詫《わ》びのトイレットペーパーを買ってこい！　もちろん自腹で！」

りぶたちが騒いでいるのを横目に、真咲は退屈そうに欠伸《あくび》をしていた。

◇

りぶがちらりと真咲の様子を窺《うかが》うと、不機嫌そうに眉間に皺《しわ》を寄せながらパソコンで何かを検索していた真咲はこれ見よがしに大きな溜息《ためいき》を吐《つ》いた。

「……これ以上簡単なゲームって、一体なにがあんの？　もうわかんないんですけど」

「ま、真咲？　なんでそんなに怒ってるの？」

「怒ってない。呆《あき》れてんの！　あんたらが想像以上にバカだから！」

すでに敗北者で罰ゲームも済ませた十景はすっかり飽きたのか、

「もうさー、じゃんけんでいいんじゃね？」

早く終わらせたい気持ちを隠さずに明らかに投げやりな口調で提案してきた。

「じゃんけんって……完全に運勝負じゃん。誰が一番賢いのか決めるためのゲームなんじゃなかったっけ？　企画本来の趣旨を見失ってんじゃん！」

りぶは真咲も同調してくれると思ったのだが、予想に反して「いいかも」なんて口にしたから驚いた。

「え⁉　ほんとにやんの⁉」

「いや、ただのじゃんけんじゃなくてさ、嘘《うそ》つきじゃんけんにするのはどう？」

ルールを知らないりぶが首を捻ると、真咲は譜風も近くに呼んで説明しはじめた。

「普通のじゃんけんと違うところは、ただ一つ。じゃんけんする前に片方がグーか、チョキか、パーか、何を出すか宣言するってこと。その宣言が本当か嘘か、心理戦で勝ちを狙うじゃんけんだね」

心理戦という単語に、りぶは好奇心が掻《か》き立てられた。

「へー！　ちょっと面白そうかも！　りぶはいいよ！　譜風は？」

最終ゲームはりぶVS譜風の一騎討ちだ。対戦相手の意思を尊重する必要がある。

「私もいいと、思います。難しくないですし、早く終わらせたいですし……」

意見は合致した。道具は必要ない。ただ己の頭脳一つで挑むのみだ。

真咲がカメラを回した。正真正銘の、ラストバトル。

りぶと譜風は、正面から向かい合った。それ以外の皆はカメラのフレームの外に出て、この勝負を見届けるために息を呑《の》んでいる。

深呼吸をしたりぶは、声高々に宣言した。

「りぶは、グーを出すからね」

「……わかりました」

晩杯荘《ばんぱいそう》に謎の緊迫感が張り詰めるなか、りぶは思考に集中した。

りぶがグーを出すという宣言を譜風が素直に受け止めたなら、パーを出してくるはずだ。

だがこれは「譜風の性格を考えたら、捻らずにパーを出してくる気がする」という前提での思考だ。あくまでパターンの一つに過ぎない。

りぶがチョキを出してくると予想して、グーでくるかもしれない。

そうなったらあいこだ。当然勝ちでも負けでもないからもう一回戦うことになるが、同じ思考をまた繰り返すかと思うと、疲弊と消耗が半端《はんぱ》ではない。ゆえに、りぶとしてはあいこはできるだけ避けたい。

だとしたら、りぶが最初にパーを出せば勝てるか？　という可能性にも至ったが、譜風が素直にパーを出した場合あいこは前述の理由で嫌だし、譜風や皆に「りぶ、嘘をついたな」と言われるのも、そういうゲームだとわかっているけど面白くない。

だったらチョキを出せばいいのか？　だがそれでパーを出した譜風に勝っても、騙《だま》し討ちでしかない。

そう考えるとグーを出した方が……いや、わからん。わからんぞ！

「り、りぶ様？　顔色が良くないですよ？　大丈夫ですか？」

「え？　だ、だいじょーぶだよ！　……はあ」

一旦、深呼吸でもして落ち着こう。悩みすぎれば譜風の思うツボ（？）だ。

譜風の顔を見る。相変わらず目は前髪でほとんど隠れているから表情はわかりづらい。

もう考えるのはやめだ。勝負に出る！

「ええい！　もういくしかない！　譜風、準備はいい⁉」

「いつでも受けて立つ準備はできております！　せーの！」

「「さーいしょーはグー！」」

譜風との掛け声は息が合っている。

「「じゃん、けん……！」」

出す手はすでに決めている。りぶは右手を振りかざした。

「「ぽん！」」

裏の裏まで読みながら勝負に挑んだ結果、りぶは宣言通りグー、譜風はパーを出していた。

「うわあああ負けたあああああ！」

「やった！　りぶ様に勝ちました！」

それぞれの心情をそのまま表現するかのごとくガクリと膝から崩れ落ちるりぶと、ぴょんぴょん跳ねて喜ぶ譜風。

「な……なんで譜風は、りぶがグーを出すってわかったの……？」

「だって、りぶ様がグーを出すと仰《おっしゃ》いましたから」

純真無垢《じゅんしんむく》な信頼を浴びせられて、それ以上は何も言えなかった。

「裏をかいてくるかもしれない」と譜風を疑ってしまい、いろいろと策を講じたりぶの完

全なる敗北だった。

「えっと、決勝戦だったってことは……『第一回・誰が一番賢いのかゲームで決めてみた』は、譜風の勝利ってことですね！」

一回戦で早々に脱落したトップ・オブ・バカの苺子《いちこ》に言われると、りぶが受けるダメージも倍になる気がした。

譜風の優勝が決まり、長い戦いはこれにてようやく終幕したのだった。

◇

りぶが罰ゲームを受けることに対して、十景は嬉《うれ》しそうにニヤニヤとしていた。

「ああ、楽しみだねえ。りぶにはあたいの罪を超える告白をしてもらいたいね」

「十景さんの大罪を超える秘密なんて、そうそうないと思います」

譜風の言葉には勝者の貫禄《かんろく》すらあるように感じる。タジタジになる十景を横目に、りぶは腕組みをして考えていた。

「でも秘密の暴露って言ってもさー、りぶに隠しごとなんてないんだけどな」

「本当ですか？　だったら、私が代わりにりぶ様の秘密を話しますね！　えっとお……」

「やめろ苺子。ちゃんと自分で言うから！　えっと……」

無邪気な顔をした悪魔の提案を慌てて却下し、焦《あせ》る頭で考えて出てきたとある〝秘密〟に、りぶはごくりと唾を飲み込んだ。

これを言うためには、相当の覚悟と勇気が必要だ。

だがこの告白こそ、ラストを飾るにふさわしい。

「……いつもマヨぱんを応援してくれるカメラの向こうの皆に……伝えるね。りぶの秘密、それは……」

カメラを通してりぶを見ている、愛《いと》しい血の所有者を見つめる。

さあ、真咲《まさき》に届け！　この熱い想《おも》い！

「りぶは……実は、真咲のことが……もう超超超、大好きなんだよ～！」

紛れもない愛の告白を、撮影中に伝えてしまった。

これで全世界にりぶの秘密《気持ち》が知られてしまう。やはり大胆すぎたかもしれないと恥ずかしくて熱くなった頰を両手で乙女のように押さえていると、その場にいた皆が、一気にしん……となっていた。

……あれ？　なんだろう、この空気。

――いや、その答えをりぶは知っている。これは……シラケているってやつだ。

「えっ……なに？　その薄いリアクションは。皆、もっと盛り上がってくれてもいいんじゃない？」

空気の悪さに堪《た》えられずに取り繕おうと必死になるりぶを、苺子も譜風《ふう》も十景《とかげ》もつまらなそうに見ていた。

「りぶ様が真咲を好きなことなんて、ここにいる全員は元々知っているじゃないですか。どこが秘密なんですか？」

苺子の言葉に、譜風も十景もうんうんと頷《うなず》いている。

「でっ、でもさあ！　全世界にりぶの秘密の気持ちを暴露したんだよ!?　もう少し温かい目で見てくれてもいいんじゃない!?」

主張すればするほど、りぶを見る皆の視線が冷たいものになっていく。

この空気自体が罰ゲームなのではないのかと、心が折れそうになってきた。味方なんていないのか……と思い、ハッと顔を上げた。

そうだ、真咲。りぶの好意を直接伝えられた真咲なら、袖にはしないはずだ。

「真咲い～、りぶの愛を受け止めてくれた？　動画的にも、愛の告白でメ《シメ》るなんてエモいと思わな……」

「りぶ……あんた……」

被《かぶ》せ気味に発せられた、低い声。真咲からは明らかに怒っている様子が伝わってくる。

「……撮影中に私の名前を出すなって、言わなかった？」

「あ…………ご、ごめん」

真咲のこめかみの血管が切れた音が聞こえた気がした。

「ほんっとバカ！　何回同じこと言わせんの!?　りぶも苺子も譜風も十景も、あんたら全員揃《そろ》いも揃って大バカ！　以上！」

一晩かけて誰が一番賢いのか決めるために頑張ってきたというのに、結局は「全員バカ」という結論で強引にまとめられてしまったのだった。

◇

「こ、これで『第一回・誰が一番賢いのかゲームで決めてみた』は終わりです！　面白かったらチャンネル登録&高評価をよろしくお願いいたします！　以上、一番賢い譜風からのお願いでした！　ではまた次の動画でお会いしましょう！」

「「「「バイバーイ！」」」」

最後の方があまりにも使えないカットばかりだったので、改めて譜風が締めの言葉を告げる形で撮り直し、今日の撮影はようやく終わりを告げた。

「うはー！　終わったー！　血が飲みたーい！」

思いっきり背伸びをしながらりぶが椅子にもたれかかると、十景がニヤリとしながら肩を寄せてきた。

「いいねえ、最高の一杯になりそうじゃないか。あたいも付き合うぜ」

「なんだかんだ言って楽しかったですよね！　わたし、今度は違うゲームもやってみたいです！」

最初に脱落してしまった苺子は物足りないのだろう。すでに次のゲーム企画をやる気満々だ。

「結局、秘密を暴露しなくてよかったのは譜風だけか。いいなあー」

「へへ……なんといっても優勝者ですからね。当然の特権です」

ドヤ顔で胸を張る譜風を皆で羨ましがっていると、トイレから戻ってきた真咲が「そういえばさ」と切り出した。

「今日の譜風の靴下、左右違うよね。それって、ヴァンパイアの間で流行《はや》ってるおシャレだったりすんの？」

「……え⁉　ほ、ほんとだ……うそ……！　ま、真咲さん！　なんでもっと早く教えてくれなかったんですか⁉」

「へ？　いやだから、流行ってんのかなーって思ったんだって。っていうか、そもそも足元なんて映んないんだからそんなに気にしなくてもよくない？」

事の重大さをわかっておらず淡々と話す真咲とは対照的に、譜風はかわいそうなくらい真っ赤になって震えている。

「ひっ、ひどいです！　あんまりです！　もう私、マヨぱんを脱退します！」

そう言って、譜風は半泣きでリビングルームから飛び出していってしまった。

「待ってよ譜風！　わ、わたし追いかけます！」

苺子が譜風を追って出ていくと、残された部屋の中には重く、暗い空気が漂った。

真咲がした仕打ちを考えれば当然のことだ。なんて酷《ひど》いことを……りぶは譜風に同情しつつ、真咲に抗議せざるを得ない。

「あんまりだよ……譜風、せっかく優勝したのに、かわいそうだよ！　真咲、ちゃんと謝ってきた方がいいよ！」

「なっ……なんでよ！　靴下があべこべだって指摘しただけじゃん⁉」

「いや……まるで牛丼と豚丼を間違えて注文しちまったくらい、取り返しがつかない所業さ。あたいも譜風に同情する」

「心の底から意味がわかんないんだけど⁉　私そんなにひどいこと言った⁉　ねえ⁉」

「これぱっかりは、りぶも真咲のことをフォローできないよ……」

鬼畜と言っても過言ではない真咲から目を逸《そ》らすと、

「はあー⁉　なんでよ⁉　やっぱりヴァンパイアの恥ずかしがるポイントって、マジで理解できないんですけど⁉」

困惑している真咲の声が、晩杯荘《ばんぱいそう》に響き渡った。

◇

皆が自室に戻った後も、りぶと真咲だけがリビングルームに残っていた。

「真咲、りぶたちどうだった？　今日の動画はちゃんと使えそう？」

「……明日には絶対編集終わらせて、アップする」

真咲はエナジードリンクを飲みながら、さっきまで撮影していた動画を編集している。

あれだけグダってもカットが多くても、真咲の手にかかるととても面白い動画になるから凄《すご》いなと思う。

「真咲に怒られたところいっぱいあったけど、大丈夫ならよかった～」

「いや、大丈夫っていうか……それより、改めて思ったんだけどさ……あんたらって、ほんとにバカだよね」

大好きな人にボロクソに言われ続けると、いくら普段からポジティブなりぶとてさすがに凹《へこ》んでしまう。

「うう……今日一日で真咲に何回バカって言われたかわかんないよ……」

チャンネル登録百万人を目指している真咲の力になりたいのに、どうにも空回りしてしまう。こんな格好悪い醜態ばかり晒《さら》していたら呆《あき》れられて、いつか真咲に「マヨぱんを辞める」って言われてしまうかもしれない。

どうしよう……りぶはこれからもずっと、真咲と一緒にいたいのに！

「ここもカットするしかないね。っていうかこの辺グダりすぎ。ダイジェストにするから」

「えー!?　でっでも、ここめっちゃ面白くない？」

「あとここ、私の名前出してる。ここだけカットしたら前後の繋《つな》がりが不自然すぎるからしょうがないの」

しょんぼりと小さくなりながら、りぶは真咲を見た。

綺麗《きれい》な横顔、白い首筋。美味《おい》しそうな血の匂い……生唾を飲み込んだ。

こんなに近くにいるのに、真咲の目標が達成されない限りは、りぶがこの血をいただくこともできないわけで。

りぶは頭を掻《か》きむしったあと、「真咲！」と言って手を取った。

「あの……真咲！　今日はごめんね！　いっぱい迷惑かけて！　りぶたちも頑張っているつもりなんだけど、上手《うま》くできないことが多くて……」

必死に想いを伝えようとするりぶを見て、真咲は目を瞬《しばたた》かせていた。

「でも、明日からはもっともっと頑張るから！　だから、まだりぶたちと一緒にいて！　マヨぱんを辞めるなんて言わないで！」

見つめ合うこと、数秒。ポカンとしていた真咲はようやくりぶの懸念《けねん》を理解したのか、ふっと笑ってりぶの手を軽く握り返した。

「……なにを不安になっているのか知らないけど……私はマヨぱんを辞める気なんて一ミリもないんですけど」

「え⁉　そうなの⁉」

嬉《うれ》しい言葉をもらったはずなのに、戸惑って反応が遅れるりぶの頭を真咲はくしゃくしゃと撫《な》で回した。

「まああんたらは皆正真正銘のバカだし、めちゃくちゃだけどさ……」

りぶが顔を上げたとき、真咲《まさき》は白い歯を見せて笑っていた。

「でも、やっぱ面白いんだわ。くだらないことで大騒ぎして、わちゃわちゃ楽しそうにしてる、あんたらがさ」

パソコンのディスプレイの中でギャーギャー騒いでいる皆を見ながら、真咲は言った。

「私は、マヨぱんの皆と一緒に目標を達成したい。……っていうか、今の私じゃ……あんたたちと一緒じゃないと無理だから」

「真咲……」

りぶは心から、真咲の夢を叶《かな》えてあげたいと思った。

足りないことも多いだろうし、迷惑をかけることもあるだろうけれど、きっとマヨぱんだったらやっていけるはずだ。

夢の中で見つけたこのうえなく美味しそうな血の持ち主と、二十年ぶりに目覚めた後に実際に出会って、こうして一緒に住んで、一つの目標に向かって頑張っているのだ。

これを運命と言わずに、なんというのか。

真咲と出会えて、本当によかった。

感極まったこともあり真咲に対しての愛が溢《あふ》れて止まらなくなったりぶは、真咲を押し倒しかねない勢いで迫った。

「じゃあ、ちょっとだけ血を吸わせて！　ちょっとだけでいいから！　前払いで！」

「前払いシステムはありませーん」

押しのけられ、あっさり断られてしまった。どんなときでも真咲のガードは堅く、今までに一滴も吸わせてもらったことはない。

「お願いお願い～！　りぶ頑張るからあ～！」

「はいはい、チャンネル登録百万人達成したらね」

いつもの定型文にじれったさを覚えるりぶだったが、「我慢を重ねた分もっともっと美味しくなるかもしれないし」とポジティブに考えることにした。

「ねえねえ、今のところに効果音入れてみたらどうかな？　こう、〝ドガーンッ〟みたいな派手なやつ」

「あー、そうね。字幕も入れてみて……どう？」

「あははは っ！　めっちゃ面白い！　たくさんの人が観《み》てくれるといいなあ」

次の企画について真咲と語りながら、夜は更《ふ》けていく。

こうしている時間が何よりも好きだと思いながら、りぶの頬は緩んだ。

第三話 真咲の引っ越し前夜

MAYONAKA PUNCH

「あー、終わんねー……こりゃ徹夜だわ」

ずっと同じ体勢でいたことによって凝り固まった肩と腰を、真咲は立ち上がってストレッチで伸ばした。

明日、真咲は晩杯荘へ引っ越しをする予定だ。

先日やっと少しバズった動画『食べようよエビバディ～迷わず食えよ！　食えば分かるよ！～』の流れに乗るべく、りぶたちと一緒に寝食を共にしてどんどん動画を撮っていこうと考えたのだが、勢いとタイミングに任せた引っ越し準備ゆえにとにかく時間がない。

「りぶたちに手伝ってもらえばよかったかな……」

荷造りが終わらずに深夜になってもひとりで悪戦苦闘する真咲は、誰に聞こえるわけでもない大きな溜息《ためいき》を吐《つ》いた。

真咲は、生活感のなくなった段ボール箱だらけのリビングルームをぼんやりと眺めた。

『はりきりシスターズ』の活動のために、橘花《きっか》と乙美《おとみ》と三人で暮らしていたときは狭く感じていた家も、今は無駄に広く感じる。

この場所で三人は、一体どれだけの時間を共に過ごしてきただろうか。

どんな企画にするのか、どう編集するのか、どうすれば視聴者の皆に楽しんでもらえるのか、三人で意見を出し合いながらたくさんのことを語り合ってきた。

……まあ、真咲がひとりで突っ走ってしまうことが多くなってきて、方向性がズレてきてしまったことが、真咲がはりシスを脱退させられる原因の一つになったわけだが。

もう少し橘花や乙美と気持ちのすり合わせができていたならば、乙美を殴って炎上、そして脱退……という最悪のコンボにはならなかったかもしれない。

特に橘花とは数えきれないほどケンカしたけれど、振り返ってみるとどうしたって楽しい思い出の方が多いわけで。

「いや、別に今の自分に後悔なんてしてないし！」

暗くなりつつあった気持ちを断ち切るように、あえて大きな声を出した。

りぶたちに出会う前だったらわからないけれど、今の真咲ははりシスに戻りたいなんて思っていない。……思っていない、はずだ。

それなのに、なんでこんなに胸が切なくなっているのだろう。

真咲は誰もいない部屋の真ん中に座り込んだ。

今まではは考えないようにしていたけれど、ほんの少し意識しただけで、ふたりとの思い出が鮮明に蘇《よみがえ》ってくる。

引っ越しをしたらはりシスの思い出も全部捨ててしまうようで、手足が動かなくなってしまった。

引っ越してきた日とは真逆の心境だ。あのときは三人で大騒ぎしながら荷解《にほど》きして、胸を弾ませて、楽しいことしか考えていなかったというのに……あれ？

「……私たちって引っ越してきた日に、何をしたんだっけ？」

鮮明に蘇りつつあるはりシスでの思い出。だけどどうしてだろう。この家に越してきた当日の記憶だけは、どこかぼんやりと霞《かすみ》がかかっているような違和感があった。

何かを忘れているような気がしてならない。

引っ越し蕎麦《そば》は食べずに、酒を飲みながら動画を撮った気はするのだが……。

「あ、動画ならノーパソに残ってるはずじゃん」

無性に気になってきた真咲は、近くに置いていたノートパソコンを立ち上げて『はりシス』フォルダをクリックした。

そして、それらしきデータを見つけた。

動画を再生して、わずか数秒で。

真咲の中に封印していた記憶が、今、開封されていく。

■

はりシスの活動をより活発にしていくために、三人で不動産屋を駆け回って見つけたのは、撮影に向いていそうな賃貸の一軒家だった。

引っ越し業者のトラックが去った後、真咲はとにかくはしゃいでいた。

「ヤバ、テンション上がるー！　今日からはりシスの新たな一歩がはじまるんだ！」

「うるさい、さっさと荷解きやるよ。すぐに使うものだけでも出しておかないと」

橘花からチョップを食らっても笑って流せるくらい、これからはじまる新生活にワクワクしかなかった。

「まあまあふたりとも。ちょっと休憩しよっか？」

のほほんとした微笑を浮かべて乙美がお菓子を並べはじめた。橘花と顔を見合わせる。

もちろん、反対なんてするはずもない。

三人は行儀悪くも床の上に直《じか》に座りながら、お菓子を食べて語り合った。

「ね、次に上げる動画はどうする？　せっかく新居に引っ越してきたし、やっぱ家の紹介が定番かね」

橘花の提案に、真咲はチョコがコーティングされた棒状のお菓子を向けて指摘する。

「セオリー通りのことやってたら、インフルエンサーにはなれないじゃん。なんかぶっ飛んだことやろうよ」

「あ？　ぶっ飛んだことって、たとえば？」

「……あの一面の白い壁に、現代アートを描くとか？」

思いつきにしたって我ながら意味不明だった。橘花が溜息を吐いた。

「バッカじゃないの？　酒でも飲んだ？」

「素面《しらふ》だわ！」

「余計にやべーじゃん！」

「ふたりともケンカしないでー。よし、休憩は終わり！　早く荷解きしよ？」

橘花と言い争って、乙美が柔らかく仲裁に入る。

真咲が脱退するまでの『はりきりシスターズ』はいつも、こんな空気だった。

まだ荷解きは半分も終わっていないが、三人の疲労が限界に近かったこともあって今日の作業は一旦終わろうという話になった。

「ただいまー。ほら、いろいろ買ってきたぞ」

夕食の買い出しから戻ってきた橘花が、手に提げたエコバッグを置いた。

「コンビニで散財してきた。引っ越し祝いしないとだし！」

袋の中に大量に入っているであろう酒とおつまみに、真咲のテンションは急上昇だ。

「よっしゃ！　宴《うたげ》だ！」

「テーブルだけでも出しておいて良かったね♡　あ、カメラ回すよね？」

カメラを取り出した乙美に、真咲と橘花は同時に答えた。

「「当然でしょ！」」

三人の意見がピッタリと一致したことが嬉《うれ》しくて、真咲の頬は緩んだ。

「はい、はじめるよー」

酒宴とカメラの準備を整えてから、三人横並びに座って撮影を開始した。

「さて、今日の企画は『女三人が新居で泥酔《でいすい》したら、何を話すのか！』でーす！」

「「いえーい！」」

テーブルの上にはたくさんの酒とおつまみが載っていて、真咲たちはそれぞれ好みの缶チューハイを手に持っている。

とりあえず乾杯してから、まずは橘花が切り出した。

「トークテーマは特に決めてないんだよねー、まさ吉《きち》は何か話したいことある？」

「んー、最初は真面目な話でもしとく？　酔っ払ってくるとどうせグダるし」

「ふふ、いつものパターンだよねえ。じゃあ、ふたりはどんなNewTuber《ニューチューバー》になりたいですか？」

乙美がとてつもなく軽い感じで聞いてきたから戸惑った。

「え、その質問はいきなり真面目すぎない？　酒飲みながら話していいやつなの？」

「私たちに真面目さは求められてないっしょ。好感度とか考えずに言っていいなら、チャンネル登録者数が超多い有名NewTuber《ニューチューバー》になりたいよねー」

真咲《まさき》の懸念《けねん》を笑い飛ばした橘花は、すでに一本目の缶チューハイを飲み終わっている。

普段よりハイペースな気がするが、大丈夫だろうか。

「そのためには、視聴していて面白い子たちだねって思われないと話にならないよねえ。企画ありきっていうか」

「はりシスだと、企画系は主にまさ吉が頑張ってるけど……」

ふたりの視線を向けられた真咲は一瞬たじろいだものの、すぐに胸を叩《たた》いた。

「……なに、その含みのある視線は。大丈夫だって！　ちゃんといろいろ考えてるから！」

「いろいろって？　今考えている企画をちょっと挙げていってよ」

「えーと……『一ヶ月間、スマホなしで過ごせるか』とかどうよ？　現代社会に必要不可欠なアイテムを取り上げられた私たちが、どこまで耐えられるのかって見ものじゃない？」

面白くなる予感しかないと思うのだが、ふたりの反応はいまいちだった。

「えー、オトミンはスマホないと無理かもー。っていうかたぶん『どうせカメラ回っていないときはスマホいじってんだろ』ってコメントがたくさん来るだろうし、まさ吉が怒る姿まで簡単に予想できるよ」

「私も同意見。他にはなんかある？」

時間をかけて考えたアイデアが五秒で却下されるなんて慣れっことはいえ、「ぐぬぬ」となるのは仕方がないと思う。

「じゃ、じゃあさ！　『卵縛りでオリジナル創作料理を作る』ってのは？　料理ネタは外しにくいし、普段はりシスに興味のない人たちにもアプローチかけられるし！」

料理動画は需要があるし、美味《おい》しい料理ができても面白い料理ができてもバズる確率は上がる。

「うん、これはいいんじゃないかなあ」

「卵料理ってとっつきやすくていいかもね。変にシャレてないところもウケがよさそう」

ふたりからの好反応に真咲のテンションは上がり、缶チューハイを呷《あお》った。

「よし、決まり！　この辺のスーパー調べて特売の日に卵を大量に買って……いや、なんなら今から買いに行っちゃう⁉」

新居とアルコールでハイになっている真咲が腰を浮かせようとすると、乙美《おとみ》から「あ、待って」とストップをかけられた。

「卵限定にすると、アレルギー持ちの視聴者から文句言われるかも。もっと無難な内容にした方がいいのかもしれないね」

「そういえば最近、卵めっちゃ値上がりしたよね？　時期ずらした方がいいかも」

橘花《きっか》からも急に梯子《はしご》を外されて、真咲の中で何かがプチンと切れる音がした。

「……ああーもう！　うっざ！　おまえら否定ばっかりしやがって！　だったらなんかいい案出してみろって！」

「否定したくてしてるわけじゃないでしょ？　すぐカッとなんのやめてよ子どもじゃないんだから」

「こらこらふたりとも、ケンカしないのー。編集できるとはいえ、カメラ回ってるんだからねー？」

乙美の仲裁が入ったとはいえ、真咲と橘花は睨《にら》み合いながら一触即発の空気である。

普段から自分が突っ走りすぎていることも、橘花と衝突が多いことも自覚はしている。

このままではいつか何か大きな間違いを起こして、決定的にすれ違ってしまい戻れなくなるのかもしれない。……なんて、このときの真咲は懸念すら抱けないほど周りが見えていなかった。

「ねえ、ここ最近で一番伸びた前回の動画のコメント欄でも見てみようよ。企画の参考になる意見があるかもしれないし」

乙美の言葉に冷静さを取り戻した真咲は「ごめん」と小さく呟《つぶや》いてから、はりシスのチャンネルをクリックした。

理由は全くわからないのだが、前回上げた動画だけ再生数が異様に多かった。

「……うーん……やっぱこの動画さあ、私にはバズった理由がよくわかんないんだよね」

「私も。ただ新発売のポテチ食べ比べているだけなのにさ……って、これなに？　どういう意味？」

橘花が見つけたコメントには『まさ吉×きっちょむ？』とあった。

「ん？　……なんだろ。私たちがコラボしてるって意味？　ほら、アーティストとかよくやるじゃん」

「コラボ？　ますます意味不明じゃん。……ねえ見て、こっちにも『いや、逆だろ。そんで相手が誰でもオトミンは絶対タチ』とか、さらによくわからんコメントがある」

橘花とふたりで小首を傾《かし》げていると、間に乙美が入り込んできた。

「とにかく、わかんないことは調べてみよーよ！」

乙美が目の前にある文明の利器・パソコンでその単語の意味を検索する様子を眺めて……検索結果を見た三人が目を見開いたのは、同時だったと思う。

そしてゆっくりと顔を見合わせて、大爆笑してしまった。

「なにこれ！　意味わかんねー！」

「はりシス内でそういう関係になるなんて、考えたこともないよねえ」

「ないない！　ありえないって！」

人間の妄想力には果てがなく、世の中にはいろんな人がいるのだなと思う。

真咲は二本目にビールを選び、プシュッといい音を出してプルタブを開けた。

「酒を飲める歳《とし》になっても、知らないことだらけだってことね」

橘花はディスプレイに表示されたコメントを改めて見ながら、眉間に皺《しわ》を寄せていた。

「この表記だとさー、私がまさ吉に押し倒される側になるんでしょ？　絶対イラッとするんだけど」

「うっせ。私が望んだわけじゃねえわ。……ん？　ってことは、ウチら三人の中だとオトミンが攻める側が似合ってるって思われてるってことになんの？」

真咲と橘花はゆっくりと乙美の方を見た。

いつも通りにこにこと穏やかな笑みを浮かべている乙美を見て、視聴者はどうしてそう思ったのか真咲には全然理解できなかった。

三人は一体、視聴者からはどんな風に見えているのだろうか。

「よくわかんないけど、そういう妄想をする視聴者が存在しているってことは、需要があるってことなんだよね？」

乙美は小首を傾げていた。

「需要って……でも、そうなるのか」

それらのコメントには多くの視聴者が高評価ボタンを押している。

検索して知った、さっき覚えたばかりの世界の言葉を使うなら〝百合《ゆり》っぽい軽いイチャつき〟を見たいと思っている人が、はりシスの視聴者の中には存在しているということだ。

ならば、どうする？　ＮｅｗＴｕｂｅｒ《ニューチューバー》としてもっと上を目指すなら、ニーズを先読みして動くべきか？

そう思った真咲は、軽い気持ちで提案していた。

「じゃあさ、一度そういう動画を撮ってみない？」

「え～？　まさ吉、マジで言ってんの？　オトミンはどう思う？」

戸惑っている橘花が乙美に意見を求めた。

「まさ吉はチャレンジ精神の塊だねえ。どうする？　ホントにやっちゃう？」

「やってみようよ！　もしかしたらめちゃくちゃバズるかもしれないしさ！」

　橘花も乙美も抵抗感はありそうだが、きっと真咲と同じではりシスのチャンネル登録者数をもっと増やしたい、ＮｅｗＴｕｂｅｒ《ニューチューバー》として大きくなりたい、という気持ちは胸の中に強くあるのだろう。

「うん、そうだね！　よーし、やってみよっか！」

「面白い動画になるかもしれない可能性があるのなら、ＮｅｗＴｕｂｅｒ《ニューチューバー》として挑戦しないわけにはいかないしね」

　真咲のひと押しで、ふたりともやる気に火が点《つ》いてくれた。

三人は顔を見合わせて、不敵な笑みを浮かべた。

「じゃあまずは、景気づけのカンパイしますか！」

「「「かんぱーい！」」」

それぞれ手に持ったアルコールを呷った。

テーブルの上に積まれた飲み終わった後の空き缶の量が、いつの間にか大変なことになっていた。

ああ、これは自分を含めて皆酔っているなと、真咲は確信した。

アルコールの入った可愛《かわい》さのカケラもないはりシスの〝百合営業〟が今、幕を開けようとしていた。

■

真咲たちはぎこちない笑顔でカメラの前に並んでいた。

イチャついた動画を撮ってみようと決めたはいいものの、わからないことだらけの三人はいきなり躓《つまず》いているのだった。

「……でもさ、実際何をやればいいんだろ」

長い前髪をかき上げながら、橘花が首を傾げている。

「私だってよくわかんないけど……とりあえず、恋愛漫画の有名なシーンを再現してみるとか、どう?」

思いつきにしては悪くない提案だと思った。橘花は顔を顰《しか》めていたが、乙美はニコッと笑って賛成してくれた。

「いいかも〜！　あのね、おススメの漫画があるんだけど、持ってくるからちょっと待っててて！　まだ段ボールの中だけどすぐ見つかるから！」

一度自室へ行った乙美が戻ってきたとき、その手には数冊の漫画本があった。

真咲《まさき》は未読ではあるものの、コミックスの累計発行部数は一千万部を超えている『地味な私が溺愛されるはずがない！』という、少女漫画の金字塔と呼ばれているものだった。

地味で大人しい主人公・朱莉《あかり》が、学校一のイケメンで俺様系のヒーロー・一輝《かずき》となんやかんやあって付き合うことになる……という定番の設定なのだが、波乱万丈なストーリーがとにかく感動すると評判だ。

「オトミンはね、この漫画が大好きで全巻持ってるし、アニメだってもちろん観《み》てたの。でも実写化だけは受け入れられなくて、映画は観にいけなかったんだぁ……」

表紙のふたりを見ながらしんみりと語る乙美の肩を、真咲はポンと優しく叩《たた》いた。

「そう……じゃあ、よかったじゃん。実写化だったら今、新キャストでしかも生で観られるんだし」

完全にイジるつもり満々の発言を、乙美も察したようだ。

「……やっちゃった……恋愛漫画、ってワードで脊髄反射しちゃったよお……」

自分たちが演じるための脚本を探しているということを失念していたらしい乙美が顔面《がんめん》蒼白《そうはく》になるのを見て、真咲と橘花はニヤリとした。

「ほれ、オトミン。どうよ、感想は？」

朱莉になりきった真咲と一輝になりきった橘花が、嬉々《きき》として表紙の見つめ合うふたりのポーズを再現すると、乙美は顔を覆って嘆いた。

「最悪なんだけど〜！」

「あはははは！　いいね、これ思ってたより楽しいわー」

真咲と橘花はゲラゲラと声を出して笑った。

「うし、そろそろ有名シーンの再現をやりますか。オトミン、どのシーンがおススメ？」

「……おススメじゃないところなんてないけど、一番盛り上がるのはやっぱり一輝が朱莉に壁ドンしながら告白するシーンかな。すれ違ってきたふたりがついに心を通わせるシーンは涙不可避だし……でも、まさ吉《きち》ときっちょむがやるの……？」

「そんな不満そうな顔すんな。で、それは何巻の何ページ？」

「えーっと……ここだけど……」

乙美は唇を尖《とが》らせながら、該当ページを開いた。

朱莉『ど……どうして、あなたがここに……？』

一輝『おまえが急にオレの前からいなくなるからだろ……もうどこにもいくな。オレの目の届くところにいろ。いいな？』


「なにこいつ。彼女でもない女の子に威圧的じゃない？」

「まさ吉には乙女心がわからないの⁉　こんなにカッコイイのに！」

乙美《おとみ》からの抗議を受けながら、真咲は唇を尖らせた。

真咲にはこの偉そうなヒーローのどこが魅力的なのかは全くわからなかったが、実際に演じてみれば主人公の気持ちも少しは理解できるだろうか。

「私の方は準備できてるよ。まさ吉は？」

「ああ、うん。いつでもいいよ」

「じゃあ、いくよ」

一輝に扮《ふん》した橘花《きっか》に壁ドンされた真咲は、目を見開いた。

噂《うわさ》に聞くこの行為は想像以上に顔と顔が近づく行為なのだと、初めて知ったのだ。

ついでに言うと、こんなに近くで橘花の顔を見たのも初めてだ。いや、なんでこんなところで連続して初体験を奪われているのだろうか。

脳みそが軽くフリーズしている真咲に、橘花は怪訝《けげん》な顔をした。

「ちょっとまさ吉、台詞《せりふ》」

「え？　あ、ごめん」

イチャイチャを求めているらしい視聴者のためにもちゃんとやらないと……そう思っているのに。目の前の橘花を見ると笑いが込み上げてくる。なんで橘花はこんな真面目な顔ができるのだろう？

「『ど……どうして、あ、あなたがココニ？』」

自分でもひどい棒読みだった。

妙な恥ずかしさと「なんでこんなことしてんだろ」と我に返る瞬間が同時に襲ってきて、気を抜けば崩壊してしまいそうな表情筋を維持するのに苦労する。

ヤバい。ちゃんとしなきゃ。そう思って顔を上げると、目が合った橘花が「ぶっ！」と噴き出した。

「な、なに笑ってんだよ！」

「いや、だってさ！　ヒロインが全く可愛くないんだもん！　変な顔すんなって！」

「私だって笑うの必死に我慢しているのに、ゲラゲラ笑うんじゃねーよ！」

腹を抱えて笑う橘花につられて、真咲も笑いが止まらなくなった。

「やっべー、ツボったー……よし、気持ちを切り替えてテイク2ね。まさ吉、どうぞ」

「きゅ、急に切り替えるのキツいんだけど！　……『ど、どうして、』」

「あはははは！　無理！　死にそう！」

「笑うなって言ってんだろ⁉　笑っ……アハハハハハ！」

互いの顔を見るだけで笑ってしまうふたりは、もはや演技以前の問題である。

真咲が台詞を言い切ったのは、なんとテイク14だった。

「『ど……どうして、あなたがここに……？』」

「『おまえが急にオレの前からいなくなるからだろ……もうどこにもいくな。オレの目の届くところにいろ。いいな？』……って、まさ吉、なに？　その顔は」

ようやく言えた安堵《あんど》よりも先にくる、小さな不快感。

橘花はちゃんと台詞を言っていたはずなのに、真咲の胸には沸々と怒りが込み上げてきていた。

「……普通にムカつくんですけど」

「は？」

橘花の演じる〝一輝〟に対して、真咲はイライラして仕方がなかった。

「いや、何様だよ一輝！　偉そうに命令してきやがって！」

「大人しい主人公がヒーローにキレんな！　っていうか、そういう漫画だから！」

「だってコイツ、絶対モラハラ男じゃん！　朱莉はこいつのどこがいいの⁉」

「フィクションだって言ってんだろ！」

ギャーギャーと言い争う真咲と橘花を止めたのは、やはり乙美だった。

「こら！　ふたりとも名作を汚《けが》さないで！　もう！」

めったに怒ることのない乙美の本気の怒りに、真咲と橘花は戦慄して口を閉ざした。

「「……ごめんオトミン」」

「うんうん、わかればよろしい」

このとき真咲はさっき見たコメント『相手が誰でもオトミンは絶対タチ』を思い出し、なんとなくではあるのだが、書き込んだ人の気持ちが少し理解できたのだった。

■

「じゃあ次は違うシーンね。シーンの選択とキャスティングはオトミンに任せて！」

いつの間にかキャスト兼監督となっていた乙美が、第四巻のとあるシーンを真咲と橘花に見せてきた。

真咲が今回挑戦するのは、朱莉に扮した乙美が不良に絡《から》まれているところを、一輝に扮した真咲が颯爽《さっそう》と助けるというシーンのようだ。

一輝『バカ、女が夜にひとりで歩くな。……特におまえは、可愛いんだから』
朱莉『た、助けてくれてありがとう……』

今回の真咲は一輝役だし、台詞はクサいとはいえそこまで抵抗感はないし、さっきみたいに役に共感できずに暴れることはおそらくないだろう。

「じゃあ、やるねー！　『た、助けてくれてありがとう……』」

さすが乙美。何をやるにしても、飄々《ひょうひょう》としながらサラリとこなしてくる。

正直に言ってしまうと、真咲は乙美の上目遣いにたじろいでいた。悔しいけれど、普通に可愛いと思ってしまったのだ。

真咲も少しは乙美をドキッとさせてやりたいと考えた。これはもう女として、Ｎｅｗ《ニュー》Ｔｕｂｅｒ《チューバー》としてのプライドの問題である。

「『バ、バカ。お、女が夜にひとりでっ……』」

「アハハハハッ！」

最後まで言い切るより先に、乙美の大爆笑により真咲の台詞はかき消されてしまった。

「……おい。またこの展開か？」

「いやー、ごめんごめん！　これ、笑わないのって難しいねえ。相手がまさ吉って時点ですでに面白いんだもん」

目尻の涙を拭く乙美に同意するように、橘花もうんうんと頷《うなず》いた。

「わかる。ズルいよね。チートキャラだよ」

「は？　あんたらふたりとも私のことディスってんの？」

「そんなことないよお？　羨ましいなあって思ってる♡」

「ぜったい、バカにしてんだろ……！」

『テイク2だよ。早くして？』

完全に乙美のペースになっている。乗せられるのは癪《しゃく》だが、とっとと終わらせたい気持ちが勝った。

「……『バカ、女が夜にひとりで歩くな。……特におまえは、可愛《かわい》いんだから！』」

よし、ちゃんと言えた。ドヤ顔の真咲に対して乙美はフフッと笑って、

「ダメー。やり直しー」

「えっ、なんで!?」

「だって全然ドキドキしないんだもん。これじゃ演技なんてできないかもー？」

「それ私のせい!?　原作に問題があるんじゃないの？　ちゃんとやったからいいじゃん！」

乙美が役に入り込めないのを真咲《まさき》のせいにされるのは腑《ふ》に落ちない。

「え〜？　でもまさ吉は、視聴者の需要に応えたいんじゃなかった？」

無垢《むく》なのか煽《あお》っているのか、乙美の笑顔は非常に判断に困る。

だがそう言われてしまっては、真咲は弱い。ぐっと言いたい言葉を呑《の》み込んで、乙美に宣言した。

「……わかったよ……私は絶対に、オトミンをときめかせてみせる！」

「ふふ、楽しみだなあ♡」

それから何度もチャレンジしたのだが、乙美がときめいてくれることはなかった。

やがて真っ白な灰と化した真咲を見てさすがに同情したのか、橘花が上手《うま》いこと言って切り上げてくれた。

「……止めてくれるのがあと少し遅かったら、死んでいたかもしれない」

そう断言してしまうほどに、真咲の人生でもワースト5に入るくらいの辛《つら》さだった。

その後も役割を変えたりいろんな台詞で挑戦したりしてみたものの、この三人ではどうやっても〝胸キュン〟だとか〝感涙〟とは程遠いやり取りになってしまった。


「『目、閉じて』」

「やだ。きっちょむにキスされたくないし」

「ほんとにするわけないだろ！　自意識過剰か！」

「『この家の当主を殺し、自殺に見せかけた犯人は……あなただ！』」

「どこにイチャつき要素があった⁉　それに一輝《かずき》はいつから探偵役までやるようになったんだよ⁉」

「『……このペンダントを……愛する妻のエリーに渡してほしい……！』」

「私、アンナ役なんだけど⁉　死《し》に際《ぎわ》でこの男の不倫が発覚すんの⁉」

「この巻、朱莉《あかり》も一輝も出てこないし、話がどんどんおかしくなっていったんだよねえ」

「『さあ、一輝くんを取り戻すために行きましょう！　私たちの戦いはこれからよ！』」

「一輝は敵に攫《さら》われすぎだろ！　っていうかこの漫画打ち切られてない⁉」

最初は学園恋愛ものだった『地味な私が溺愛されるはずがない！』は、いつの間にかキャラが増え、ミステリー要素が入り、最後はよくわからないバトルで終わった。

後半は完全に作者が迷走しているとしか思えなかったのだが、これが大ヒットしたというのだから世の中何が流行《はや》るかわからない。

ただ……当初の予定とはかけ離れていったものの、真咲はツッコミを入れながらも終始笑いが止まらなかった。

三人で笑いながら更《ふ》けていく夜に、大袈裟《おおげさ》かもしれないけれど、真咲は愛《いと》おしさにも似た感情を抱いていた。

「……よし、今日の撮影は終わりかな」
■

テーブルの上にあった酒をちょうど全部飲み尽くしてしまったタイミングで、橘花《きっか》がカメラの電源を落とした。

「はー……もうダメ。疲れた。明日腹筋が筋肉痛になるわ、絶対」

引っ越しの後に慣れない実験をしたからか、一気に疲労が込み上げてきた。視聴者のためにという仮面は脱げて、真咲の中にある素の言葉が零《こぼ》れ落ちていく。

「……結局、私たちが何をやっても恋愛感なんて全然出なかったな」

「やっぱ、メンツに無理があるって。まあ、編集で誤魔化すしかないか……」

真咲と橘花がぐったりしているなか、乙美《おとみ》が最後のエイヒレを食べながら笑う。

「でも、めちゃくちゃ笑えたからよかったよね♡」

「笑えたけど、本来の目的からは大分ズレたな……」

苦笑いする橘花がグニャリと曲がって見えた真咲は、撮影が終わって気が抜けたこともあり、本格的に酔っ払っているなと自覚した。

「……あー、疲れたあ……」

真咲がごろんと床に寝転ぶと、橘花と乙美も両隣に寝転んだ。

「体が動かねー……もう限界。水ちょうだい、水～……」

「ったくもう、手間かけさせんなって。ほら、これ飲んで」

橘花から手渡されたペットボトルの水を飲むために一度、体を起こした。頭がふわふわくらくらする。久々に飲み過ぎてしまったようだ。

「予想通りグダったな。編集も片付けも全部明日にしよ、明日」

「乙美たちにしか撮れない画《え》になったと思うし、観《み》るのが楽しみだよ」

隣にいるふたりの会話を聞きながら、真咲はほとんど無意識のうちに立ち上がっていた。疲れているし、酔っているし、このまま目を瞑《つぶ》って眠ってしまいたい。だけど、それらの欲を上回る何かが腹の底から込み上がってきて、言葉にせずにはいられなかった。

この気持ちを、今すぐに吐き出さずにはいられなかったのだ。

「需要とか戦略とか、もうどうでもいいや！」

ふらつく足取りでふたりを見下ろしながら、手に持っていたスルメイカの足をマイク代わりにして告げた。

「私たちの動画を観てくれる人が皆笑顔になってくれたら、それだけでいい！　私は、みんな、みんな、笑顔にしたいから！」

真夜中に大声を出す真咲に、橘花と乙美はぎょっとしていた。

「バカ、真咲！　声がでかすぎるだろ！」

「えー、そう？　っていうか橘花、なんで斜めになってんのー？」

真咲から見えるふたりの姿勢は、不安定にぐらりと崩れ――

「真咲！」

違う。倒れ込んだのはどうやら、真咲の方だったようだ。

「……あれ？」

顔面から床への激突は避けられないと思っていたのに、真咲の体は温かい手によって支えられていた。

「大丈夫か？　はあー……引っ越し初日にご近所さんとの関係悪化とか勘弁なんですけど……」

倒れ込む真咲を支えてくれた橘花は、悪態をつきながらも心配してくれているようだ。

「へへっ……ありがとね橘花、乙美。これからもはりシス、盛り上げていこーう！」

この言葉を最後に完全に酔い潰れたのか、真咲の記憶はここで途切れている。

ふたりがどう返事をしてくれたのか、真咲に知る手段はない。

■

翌朝。真咲の目覚めは最悪なものだった。

「……うわー……無理。頭痛い」

あのままリビングルームの硬い床の上で昼過ぎまで寝てしまった真咲は、二日酔いと体の痛みに寝起きから限界を感じていた。

「おはよー真咲。あははー……荷解《にほど》きしたいのに、こりゃ動けないねえ」

同じく床で寝た乙美の笑顔にも元気がない。どうやらふたりとも、若さだけではどうにもならない身体的ダメージを負ってしまったようだ。

「……あ、起きた？　ほら、水飲んどきな」

「あ……ありがと、橘花」

少し前から起きていたという橘花も酷《ひど》い顔をしている。三人ともこんなコンディションでは、今日の撮影は到底無理だろう。

「これからもはりシス盛り上げていこう」なんて言ったのに、舌の根の乾かぬうちにこの惨状である。なんとなくいたたまれなくなる。

「昨日撮った動画、どうする？」

橘花の質問の意図がわからなくて、首を捻《ひね》った。

「どうするって……編集して、できれば今日中にアップするけど」

「……観返す勇気、ある？」

三人の間に、数秒の沈黙があった。

「……も、もちろんあるよお！」

「そ、そうそう！　NewTuber《ニューチューバー》として、ちゃんと面白くしたつもりだし！　待ってる視聴者もいるわけだし！」

口ではそう言いながらも、やけに動悸《どうき》がする。なんだろう。とてつもなく嫌な予感がして、パソコンの前に座っただけで冷や汗が流れてくる。

「じゃ……じゃあ、いくよ」

昨日撮った動画のファイルをクリックすると、三人のトークが始まり、そして……。

『ど……どうして、あ、あなたがココニ？』

「ぎゃあああああああ！」

ついにそのシーンが映った。真咲は絶叫し、恥ずかしさで転げ回った。

画面の中の気持ち悪いやつは誰だ？　認めたくない。認めたくないけれども、紛れもなく自分だった。

いつもだったら悶絶《もんぜつ》する真咲を爆笑するであろうふたりも、何も言わない。

その理由は単純明快。

『おまえが急にオレの前からいなくなるからだろ……もうどこにもいくな。オレの目の届くところにいろ。いいな？』

橘花も乙美も、同様の恥がバッチリと残されていることを知っているからだ。

「あああああ私を殺してええええ！」

カメの産卵のような体勢で、橘花は動画から目を背けた。

『た、助けてくれてありがとう……』

「…………消して……」

耳まで真っ赤にした乙美が、今にも泣きそうな顔で懇願している。

あの乙美をここまで辱《はずかし》めるなんて、この動画の殺傷能力の高さに真咲《まさき》は震えていた。

――なんでこんな黒歴史確定の動画を撮ってしまったのか。

新居への喜びから溢《あふ》れたアドレナリンとアルコールと深夜のテンションが、最悪な形で乗算されておかしくなっていたとしか思えない。

それでも、真咲は「もう観るのやめない？」と提案しなかった。橘花も乙美も、提案してくれなかった。

口にしなくても、三人ともわかっているからだ。

これは、ＮｅｗＴｕｂｅｒ《ニューチューバー》としてのプライドの問題なのだと。

どんなに羞恥心に殺されそうになったとしても、面白い動画になる可能性がある以上、自分たちからその芽を摘むわけにはいかなかった。

三人がそれぞれの形で発狂と絶叫を繰り返しながら、シークバーは鬼のように遅い速度で右へ動いている。

長い。まだ、終わらないのか。この動画だけ何かの呪いでもかけられているのではないのだろうか。

——そして、そのときはやってきた。

『……わかったよ……私は絶対に、オトミンをときめかせてみせる！』

「イキがってごめんなさいもう許してくださいいいいいお願いします！」

ふたりに許可を取るより先に、真咲の手はノートパソコンを勢いよく閉じていた。

息が切れて肩が上下する。危なかった。堪《た》えられなかった。もうこれ以上は命に関わる問題だった。

「真咲……あんた……」

どうせ憐《あわ》れんでいるのだろう。あるいは、呆《あき》れているのかもしれない。

真咲は橘花の顔を見ることができなかった。

「……ふん。日和《ひよ》った私がそんなにダサい？　いいよ、笑いなよ。でも私は肖像権を主張してでもこの動画の公開に反対する！　だって、こんな黒歴史が世の中に放たれたら、も

う外を歩けな——」

最後まで口にするより先に、真咲は乙美に肩を抱かれていた。

「ありがとう、真咲……！」

「勇気のある人間を笑うやつなんかいないよ。……はりシスの絆《きずな》がまた、一層深まったな」

橘花もまた、真咲の頭を撫《な》でながら優しい言葉をかけてきた。

「乙美たちの心は繋《つな》がっているってことで、いいんだよね？」

「うん。きっと皆、同じことを考えていると思う」

顔を上げて、三人は目を合わせて頷《うなず》いた。

この動画は絶対に公開しない——お蔵入りすることで、意見が一致した。

「気を取り直してまた、新しい企画を考えないと……」

二日酔いで痛む頭を捻る真咲に、乙美は微笑《ほほえ》む。

「そんなに焦《あせ》らなくても大丈夫だよ。この三人だったらきっと、何をやっても楽しい動画になるよ」

「そうそう。ま、今日は撮影できるコンディションじゃないし、近所のイイ居酒屋でも発掘しに行こ」

「橘花《きっか》、あんた……二日酔いだって言ってんのに、まだ飲むの？」

真咲のツッコミに対して数秒の沈黙を経て、三人は同時に噴き出した。

笑い声が響く部屋の中で真咲は、思ったのだ。

『はりきりシスターズ』だったらなんだってできる。目標だってきっと、達成できる。

根拠はない。だけど、そう信じて疑わなかった。

■

全部、思い出してしまった。

「ぐっ……うおおおおお……」

動画を最後まで観返した真咲は、誰もいない家でひとり、のたうち回る羽目になった。

動悸、息切れの症状を伴う恐ろしいドラッグだった。

あれはもう精神攻撃の一種だろう。封印していた記憶が完全に掘り起こされてしまったことで、荷造りを終わらせなければならないのに動けなくなってしまった。

「……くっそー……まだ引きずってんのか？　アホ真咲～……」

猫のように体を丸めて、自虐する。真咲はもう、自分でも気づいている。動けないのは、黒歴史によるダメージを負ったからではない。

橘花と乙美《おとみ》と、三人で『はりきりシスターズ』として一つになって、同じ目標を掲げて、毎日一緒に過ごす時間はかけがえのないものだった。間違いなく真咲の人生の青春の一ページだった。

そしてその失ってしまった宝物は、もう二度と真咲が触れることはできない。

橘花と乙美とはもう二度と、あの頃の関係には戻れないのだ。

「……前に進むって、決めたってのに……」

あの頃の思い出をリアルな質感で観《み》てしまった真咲は今、ひとりぼっちの広い家の中で、感傷的な想《おも》いに押し潰されてしまいそうで苦しかった。

ちゃんと動かないと。やるべきことをやらないと。

そう思いながらも指先一つ動かせなかった真咲だったが、スマホがメッセージの受信を告げたことで反応せざるを得なかった。

差出人は、りぶからだった。

『明日からラブラブ新生活のスタートだね！　りぶ、真咲が晩杯荘《ばんぱいそう》にくるのを楽しみにしてるからね！』

そのメッセージを目にした瞬間、胸の中にぶわっと温かい光が広がっていった。

真咲の頭の中に、りぶの顔が浮かぶ。

苺子《いちこ》と、譜風《ふう》と、十景《とかげ》の顔が浮かぶ。

橘花と乙美とは決別してしまった。だけど真咲にはもう、新しい仲間がいる。

『真夜中ぱんチ』という、夢を懸けてもいいと思える居場所がある。

「……そうだよね。私は……」

重くなっていた手足が軽くなる。硬くなっていた肩も背中も、すっと伸びる。

そして何より、気持ちが上向きになっていた。


――大丈夫。私は、ひとりじゃない。


真咲は観ていた動画の上にカーソルを合わせて、右クリックした。そして、深く息を吐いてから『削除』を実行する。

それは今の真咲に居場所があるからこそ、できる行動だった。

今はもう振り返らない。振り返る必要もない。はりシスでやれなかったこと、叶《かな》えられなかった夢は、マヨぱんの皆と一緒に成し遂げてみせる。

改めて決意した真咲の表情はきっと、晴れ晴れしたものだったに違いない。真咲は立ち上がって背伸びをして、気合を入れ直した。

さて、明日の引っ越しのために荷造りを再開しなければ。

いや、その前にりぶに返信しないと。短いメッセージを送信した真咲の顔は、無意識のうちにほころんでいた。

『明日からもよろしく、りぶ』

第四話　りぶVSゆき、因縁のふたりの対決

MAYONAKA PUNCH

「真咲がいないとか、寂しいいい無理いいいい～！」

ソファーの上に寝転びながら、りぶは赤子のように手足をバタバタさせた。

「りぶ様、落ち着いてください。いないといっても今日だけじゃないですか」

苺子に宥《なだ》められて、りぶは小さく息を吐いた。

「でもさー……最近真咲、めっちゃ忙しそうじゃん。ゆっくり話す時間が全然足りないんだもん。真咲が足りないよ～」

りぶがクッションを真咲だと思って抱き締めていると、譜風が困ったように口にした。

「確かに真咲さん、すごく忙しそうですよね。目の下の隈《くま》もすごいですし、頻繁にイライラしていますし……」

真咲はチャンネル登録者数を増やすために、睡眠時間も惜しんで動画を編集する日々を送っているようだ。今日も動画関係で何かの用事があるらしく、晩杯荘に真咲の姿はない。

りぶは何かしてあげたいと思いながら、腕組みをした。

「りぶたちももっと、手伝えることがあればいいんだけどね」

「む、難しいですよね……」

「真咲《まさき》がやっている作業は、わたしたちにはできないですしね」

譜風も苺子も難しい顔で首を捻《ひね》った。マヨぱんのメンバーとして、撮影時はいつだって全力を尽くしているりぶたちだったが、編集作業は真咲に任せっきりの状態だった。

「編集はともかく、企画のアイデアはりぶたちでも出せるわけじゃん？　ふたりとも、なんかいい案ない？」

「皆それぞれお気に入りの着ぐるみを着て、ゆるキャラ祭りに参戦するのはどうですか？」

「着ぐるみは予算的にダメだって真咲に言われたじゃん」

苺子もなかなか懲りないやつだ。単に、却下されたのを忘れている可能性もあるけれど。

「で、では、『ハモリ我慢大会』はどうですか？　後ろのコーラス隊のハモリにつられたらアウトなんです。テレビで観て面白そうだなって思って……」

「上手にハモるコーラス隊はりぶたちがやるの？　無理じゃね？」

歌うことが好きな譜風の提案は確かに面白そうだとは思うけれど、現実的には難しい。

その他にもいろいろ考えてはみたものの、どれも渋い顔をした真咲に「却下」と言われ

ファンタジア文庫の最新情報が満載！
ファンタジアチャンネル
FANTASIA CHANNEL
2024 7
TVアニメ好評放送中！
愛
様子のおかしい5期生・匡のために
淡雪、動く!?
VTuberなんだが配信切り忘れたら伝説になってた 9
著：七斗七 イラスト：塩かずのこ
……私は……兄さんと一緒なら、何処にでもいきます。
公女殿下の家庭教師 17
星継ぎし天
著：七野りく イラスト：cur
ファンタジア文庫
毎月20日発売！
公式HP https://fantasiabunko.jp/
〒102-8177 東京都千代田区富士見2-13-3

ドラゴンマガジン９月号

王道ライトノベル誌
ドラゴンマガジン
9月号
電子版も配信中!
奇数月30日に最新号を配信
7月20日発売!
表紙&巻頭特集
キミと僕の最後の戦場、あるいは世界が始まる聖戦
今号はファンタジア夏アニメの話題が満載!
表紙&巻頭ではTVアニメ2期が
好評放送中の「キミ戦」を大特集!
同様にTVアニメが好評放送中の
「VTuberなんだが
配信切り忘れたら伝説になってた」については、
発売の原作文庫9巻の紹介や、
アニメで心音淡雪を演じる佐倉綾音の
グラビア&インタビューをお届け予定。
ミュージカルが上映直前の「キミゼロ」続報も掲載。
今回もお楽しみに!
メディアミックス情報
TVアニメ好評放送中!
▶VTuberなんだが配信切り忘れたら伝説になってた
TVアニメSeasonⅡ好評放送中!
▶キミと僕の最後の戦場、あるいは世界が始まる聖戦
ふろく 1
「V伝」ミニ文庫
ふろく 2
「キミ戦」×「公女殿下の家庭教師」
ビッグサイズポスター
※実際のイラストとは異なります。
ラスト／猫鍋蒼

ファンタ
現実は、妄想よりも
俺に甘かった
不本意
俺がモテるのは解釈違い
～推し美少女たちに挟まれました～
著:浅岡旭　イラスト:Bcoca
新作!
「百合に挟まる男は○ね!」俺の信条だ。日課はクラスの美少女カップルを陰から支えること。……のはずが、暗躍(できてない)がバレて彼女たちと急接近!? 俺、もしかして挟まってる?? ※そもそも百合じゃない

ファンタジア文庫8月の新刊
大人気王宮百合ファンタジー、
待望の短編集
登場！
生王女と天才令嬢の魔法革命
宮秘話
ぴえろ イラスト:きさらぎゆり
剣は魔術を斬り裂く 新作
イラスト:ミュキルリア
な同級生の10年後 新作
イラスト・原作:球体X
番かわいい先輩を
呑み友達になった話 新作
スト:ベコ太郎
パジャマのきみと、教室で青春を 新作
著:山賀塩太郎 イラスト:成海七海
平民出身の帝国将官、
無能な貴族上官を蹂躙して
成り上がる 2
著:花音小坂 イラスト:くろぎり
※ラインナップは
予告なく変更になる場合がございます。
8/20
発売!!
KAWA
ファンタジア文庫公式X(Twitter) @fantasia_bunko
メディアミ
魔王2099
THE LORD OF
IMMORTALS BLOOMING IN THE ABYSS
F.E.2099
著:紫大悟 イラスト:クレタ
TVアニメ
2024年秋
放送決定!
最新3巻
好評
発売中!
CAST
ベルトール:日野聡 マキナ:伊藤美来 高橋:菱川花菜
©2024 紫大悟・クレタ／KADOKAWA／魔王2099製作委員会
公女殿下の家庭教師
七野りく
ILLUSTRATION
cura
Tutor of the His Imperial Highness princess
2025年
TVアニメ化
決定!!
異世界でチート能力《スキル》を手にした俺は、
現実世界をも無双する
著:美
イラスト:桑島黎
I got a cheat ability in a different world,
and became extraordinary even in the real world.
新アニメ企画進行中!!
シリーズ累計330万部突破!
※文庫+コミックス(ともに電子版を含む)
©美紅・桑島黎音／KADOKAWA／いせれべ製作委員

ジア文庫7月の新刊
その男。
クズで最低にして――
会う女性全てを
惹きつける『天才』
新作!
メてるお嬢を俺がわからせた
大空大姫　イラスト:緋月ひぐれ
ケメンながら処女厨・クズと評判の大学生・九頭竜。彼は友人の紹介で、
級生・三姫とデートをすることに。美人だが、男にマウントを取ること
か考えてない彼女は……徐々に理解する。九頭竜の秘めた完璧さに!?
吸血鬼ガールズと一緒に、
動画を撮って、
バズらせろ!!
真夜中ぱんチ
ワケあり動画投稿者はヴァンパイア!?
著:日日綴郎　イラスト:ことぶきつか
原作:動画投稿少女　監修:「真夜中ぱんチ」製作委
新作!
動画制作に命を捧げながらも、とある事件がきっかけで大炎上して
た真咲。起死回生を狙う彼女が出会ったのは……超人的な能力を
血鬼の女の子だった! 話題沸騰のオリジナルアニメをスピンオフ
その他今月の新刊ラインナップ
・これが魔法使いの切り札
3.微笑みの公女
著:羊太郎　イラスト:三嶋くろね
・オーク英雄物語 6
忖度列伝
著:理不尽な孫の手　イラスト:朝凪
・VTuberなんだが
配信切り忘れたら
伝説になってた 9
著:七斗七　イラスト:塩かずのこ
・異世界で
チート能力《スキル》を手
現実世界をも
~レベルアップは
著:美紅　イラスト:
・公女殿下
星継ぎし天
著:七野りく
※ラインナップは
予告なく変更になる場合が
剣鬼転
極めし
著:文月
クール
著:雨音恵
大学で
助けたら
著:奈葉松
著:鴉
KADO

る光景が容易に想像できるものばかりだった。

三人でああだこうだ言いながら悩んでいると、

「今日は随分と辛気臭い顔をしているわね」

りぶにとっては聞き慣れた、いや、聞き飽きたと言っても過言ではない凛《りん》とした声が耳に届いた。

振り返るとそこには、予想通りの人物が立っていた。

「しげゆき……なにしに来たの？」

「しげゆきじゃない！　ゆきだ！　血の配給にきてやったというのに、なんだその態度は」

ゆきがキッチンに置いたクーラーボックスを指差すと、苺子と譜風が礼を述べた。

「ありがとうございます、ゆき様」

「いいのよ。……で？　あなたたちは今なにをしているの？　あの人間は？」

規律に厳しいゆきは、晩杯荘に人間である真咲がいることを快く思っていないようだ。

……真咲が初対面時にゆきにニンニクを食べさせたことの方が、大きな要因である気もするけれど。

「真咲なら今日はいないよ。りぶたちは動画のことで話し合ってたところだし、マヨぱんの活動の邪魔だから、さっさと帰って」

りぶは頭の中が真咲でいっぱいになっていたせいか、いつもよりゆきをぞんざいに扱ってしまった。

それがゆきの神経を逆撫《さかな》でしてしまったらしく、

「おかしなことは考えていないでしょうね。これ以上マザーのお手を煩わせることは許さないわよ」

彼女もまた必要以上に冷たい声色で忠告してきたものだから、カチンときた。

「は？　おかしなことなんて考えてない！」

「じゃあ、どんなことを考えていたっていうの？」

「ど、どんなって……えっと、カレー屋で何辛までなら完食できるかチャレンジとか、四人でカイワレ大根を一斉に育てたら誰のカイワレが一番伸びるか検証する企画とか！」

それらは苺子と譜風と一緒に知恵を絞って考えた企画の中で、特に自信のあるものだった。真咲のお眼鏡に適《かな》うのは難しいのかもしれないが、りぶたちは間違いなく面白いと思っている。

胸を張るりぶを見て、ゆきはふっと鼻で笑った。

「そう。やっぱり、おかしなことじゃない」

アイデアを一蹴して吐き捨てたゆきに、りぶは怒り心頭だった。

「うっさいしげゆき！　できもしないくせに文句ばっかり言うな！」

「できるわよ！　私の方がおまえよりも優秀なヴァンパイアなのだから！　あと、しげゆきって言うな！」

一触即発、互いに睨《にら》み合いながらふたりは火花を散らした。

りぶは珍しく、ゆきに対して本気でイラついていた。

マヨぱんは真咲が一生懸命企画を考えて、りぶたちが真剣に、そして楽しみながらやっているチャンネルだ。面白いものを作っているという自信があるから世の中に配信しているのだ。

それでも、どうしたって想いが届かないこともある。

視聴者にすら心ないコメントだとか低評価をもらうと落ち込むし腹が立つというのに、動画を観てもいなそうなゆきにバカにされるのは、許せなかったのだ。

「しげの方がりぶより優秀なヴァンパイアだって？　ハッ、笑わせるじゃん！　そんなに自信があるなら、りぶと勝負しろ！」

「私は別にいいのだけれど、やめておいた方が身のためじゃないかしら」

「は？　偉そうなこと言ってるけど、りぶに負けるのが怖いんでしょ」

「お、落ち着いてくださいりぶ様！　ゆき様！」

ヒートアップするりぶの体に抱きつくようにして止めたのは、苺子だった。

「そ、そうです！　おふたりが本気でケンカしてしまったら、マザーも大層お怒りになると思います！」

譜風もゆきの前に立つようにして、この戦いを収めようとしている。小さなふたりが必死になっている姿とマザーという単語に、りぶはようやく冷静になってきた。

「……ごめん。マヨぱんのことバカにされて、カッとなった」

反省してしゅんとするりぶの肩を叩《たた》いたのは、苺子でも譜風でも、そしてゆきでもなかった。

ヤニの臭いを漂わせるヴァンパイアなんて、晩杯荘《ばんぱいそう》にはひとりしかいない。

「そうそう、ちょっと血でも飲んで落ち着きなって。でも、あたいは勝負には賛成だねえ。我慢は体によくないのさ。解決できるならその方がいいじゃないか」

いつ帰ってきたのだろう。ゆきが持ってきた配給の血をチューチューと吸いながら、十景はやたら上から目線で口にした。

「十景は我慢なんてしたことないじゃん」

「まあ、あたいのことはいいのさ。それより、このままだとまた近いうちに争いが勃発すると思うね。火種はもう生まれちまったからね」

十景《とかげ》はりぶの肩に手を回して、挑発的に言った。

「真咲が大切にしている、マヨぱんをバカにされたままでいいのかい？」

その瞬間、りぶの頭の中に真咲の顔が浮かんだ。

マヨぱんをバカにされるということは、真咲や皆を侮辱されていることと同義だ。そう簡単に流していいはずがない。

「いや、よくない！」

「だろう？　魂もギャンブルも、命を賭けて戦わないと守るべきものも守れない！　プライドも大切な人も……なにもかもを失ってしまうんだよ！」

熱いことを言っているようで実は全く意味がわからない内容なのだが、りぶは見事に雰囲気に流されていた。

「そうか……そうだよね！　真咲とマヨぱんのためにも、りぶは戦わないと！」

燃えるりぶを見て、苺子《いちこ》と譜風《ふう》は顔を見合わせているようだった。困惑しているように見えるが、きっと気のせいだろう。

「ゆきはさあ、あたいの見立てじゃ、このままだとりぶに大きく差をつけられていくと思うねえ」

「なんの根拠があってそんなバカなことを言うのかしら？」

「だって、りぶには戦う理由があるんだ。守るべき大切なものがある方が、強いに決まってるじゃないか」

「ふん……そんな安い挑発……私も甘くみられたものね。まあ、いいわ。今日だけは乗ってあげる。私は普段は監視役だけど……ライバルとして、受けて立つ！　そして、完膚なきまでに叩きのめす！」

再び火花を散らすりぶとゆきの周りの温度は、おそらく人間には耐えられない数値まで上昇していることだろう。

バチバチに睨み合うふたりの間に、十景が割って入ってきた。

「あ、そうそう。このあたい、それと苺子と譜風が公平に勝負を見届けるよ」

「「え⁉」」

突然役割を任されたふたりが声を上げていた。

「そんなワケで審判役のあたいたちにギャラを払ってもらおうかね。アドバイス料も考慮すると、配分はあたいが九割、残りが苺子と譜風でトントンか」

「どこがトントンなんですか⁉」

「十景〜！　全部勝手に決めないでください！」

譜風と苺子は自分勝手な十景に猛抗議し、

「「ギャラなんて払うか！」」

りぶは不本意ながらもゆきと同調する謎展開となった。

「マヨぱんのチャンネル登録者数が増えれば増えるほど、再生数に応じて金が貰《もら》えるんだろ？　だったら、あんたらの勝負は面白くなりそうだし撮影しておいた方がおトクじゃないのさあ。収益が出たらあたいに払ってくれればいいから♡」

「十景はこういうときだけ頭が回るよね。いい？　今回は撮影なし！　そんでもってギャラもなし！　純粋な勝負なんだから」

抗議を続けている十景を無視しつつ、りぶは一度落ち着くために大きく息を吐いてから、椅子に座り直した。

「冷静になると十景の言っていることは意味不明だし、なんか流されて熱くなっちゃった気はするんだけどさ……勝負とか以前に、マヨぱんのためにもしげには謝ってもらいたいよね」

「そんな要求、私が素直に受け入れるはずがないってわかっていて言ってるのよね？　長い付き合いなのだから」

りぶの真正面の椅子に腰掛けたゆきと、再び睨み合う。

そう、長い付き合いなのだ。──互いに何を考えているのか、わかってしまうくらいに。

息を吸ったタイミングも、勢いよく立ち上がった瞬間も、ほとんど一緒だった。

「やっぱり勝負だ！　りぶが勝ったら、しげには『ごめんなさい。やっぱりマヨぱんってすごく面白いです！　大ファンです！』って言ってもらう！」

「はあ⁉　さっきと言ってることが違うじゃない！　謝るだけじゃないの⁉」

「だったら勝てばいいじゃん！　自信ないんだ？」

「あるわよ！　絶対後悔させてやるんだから……！　私が勝ったらりぶには『やっぱりゆき様には敵《かな》いません。これからはゆき様の言うことは全部ちゃんとききます！』って謝ってもらうから！」

互いに賭けるモノは決まった。あとは勝負方法を決めるだけだ。

「しげゆき、表に出な。久々に全力でやっちゃうよ」

「やっぱりバカね。ヴァンパイア同士でのケンカはご法度《はっと》よ。マザーに消されたいのなら話は別だけど」

「ぐっ……なんでしげはそんな言い回ししかできないの？　腹立つわあー！」

「勝手に怒ってなさい。で、勝負方法は文化的手段がいいと思うのだけれど、誰かいい案はないかしら？」

ゆきが皆を見回すと、ギャラの件で騒いでいた十景はようやく諦めがついたのか、タバコに火を点《つ》けながら呟《つぶや》いた。

「勝負といっても、互いの得意分野じゃフェアじゃないからねえ。どうしたもんか」

「得意分野……？　そうだ！」

りぶは苺子、譜風、十景を順番に見遣《みや》って、ニヤリと笑った。

「マヨぱんの皆はそれぞれ得意分野が違うし、皆に勝負内容のお題を考えてもらおう！　それで、その分野が得意な人に勝敗をジャッジしてもらえばいいんだよ！」

「皆でジャッジって……それってさっきあたいが言った案だろ？　審判役を引き受ける代わりに、ギャラはない、ギャラを支払ってもらうって――」

「ギャラはない！　でも手伝って！　これはマヨぱんの問題だから！」

「ああ⁉　ふざけんな！　あたいは～ぐっ」

再び駄々をこねはじめた十景の口を押さえつけながら、りぶは顔色一つ変えないゆきに向けて三本の指を立てた。

「三番勝負でいこう。逃げないよね？」

「逃げる？　理由もないのに？」

不敵な笑みを浮かべるゆきは、かなりの強敵だ。

——見ててね、真咲《まさき》。りぶ、絶対勝つから！

りぶは胸中で、愛《いと》しの真咲へ勝利を誓った。

◇

「一回戦！　料理対決～！」

キッチンに移動したヴァンパイアたちに、りぶは堂々たる開始宣言をした。

「まったく、なんで私がこんな子ども用のエプロンなんて着ないといけないのかしら……」

「苺子が貸してくれてるんだから、文句言うなって」

りぶもゆきもすでに可愛《かわい》らしいエプロンを着用済みだ。苺子のだからサイズは小さいのだが、まずは形から入るということで。

「料理対決という勝負方法を提案し、審判をしてくれるのは、もちろんこの方！」

りぶの紹介で前に出てきたのは、薄い胸を突き出してドヤ顔をする苺子だった。

「ふっふっふ。料理といえばわたししかいないでしょう！　お任せあれ！」

「では苺子様！　今日作る料理を……お題の提示をお願いします！」

苺子は人差し指を天井に向けてピンと立てて、それを口にした。

「はい！　今日のお題は……コロッケです！　なんでコロッケかと言いますと！　作るのがとっても！　難しいからです！」

それはりぶにとって意外なお題だった。

コロッケは美味《おい》しいし、りぶも大好きな料理だ。だけどそんなに作るのが難しい料理だとは思えなかった。難しい料理だったらもっと他にもいろいろあると思うけど……作れるかどうかは別として。

「コロッケねえ……ただ揚げるだけじゃないの？　どこが難しいんだい？」

素朴な疑問を口にする十景に、苺子は「聞かれるのを待ってました！」と言わんばかりに嬉々《きき》として話し出した。

「コロッケは上手に水分を飛ばさないと揚げ上がりがベチャッとしてしまったり、衣が破裂して中身が飛び出してしまったりするのです。簡単そうに見えて奥が深いのです！」

「へー、そうなんだ」

あの小判型でサクサクの美味しい食べ物にそんな奥深さがあったとは。

というか、苺子は漢字も読めないアホの子だけど、晩杯荘では炊事担当ということもあって料理に関してだけはちゃんとした知識があるみたいだ。

素直に感心していると、ゆきが尋ねてきた。

「りぶは料理できるのかしら？」

「できない！　晩杯荘《ばんぱいそう》では完全に食べる専門だし！」

真咲に大食いの特技を評価されて、個人企画もやっているくらいだ。

「……できないのにどうしてそんなに自信満々なのよ」

「スマホがあればなんとかなるでしょ！　作り方とかも動画を観《み》ればわかると思うし！」

NewTube《ニューチューブ》で『コロッケ　作り方』と検索するだけで、数え切れないほどのレシピ動画が出てくる。そもそも、苺子が必要な食材を用意してくれているし、大失敗するなんてことはまずないだろう。

「そんじゃ、料理をはじめるとしますか！　しげ、負けないからね！」

「お手並み拝見ね。楽しみにしているわ」

自分だって料理なんかしないくせになぜか余裕綽々《よゆうしゃくしゃく》なゆきがいなくなってから、りぶは再生数の多い動画をタップした。やたらとハイテンションなお姉さんが、時折ギャグを入れたり酒を飲んだりしながらも手際《てぎわ》よく料理を進めている動画だった。

「とりあえず、じゃがいもを茹《ゆ》でておくのか……よし！」

鍋に水を入れてじゃがいもを放り込み、火にかける。……あれ？　沸騰してからじゃがいもを入れるんだっけ？　簡単だと思っていたのに初手から躓《つまず》くなんて。

たぶんどっちでも大丈夫だろう。火が通ればいいのだし。

ちょうど苺子《いちこ》と目が合ったりぶは、手際の悪さを誤魔化すためにウインクを決めたが苦笑いされた。

「えーっと次は、じゃがいもが茹で上がるまでに玉ねぎをみじん切りしないとね！　皮を剝《む》いて、左手で押さえて……せーのっ！」

まな板に包丁をダン、ダン、と力強く叩《たた》きつけるようにして玉ねぎを切っていると、

「りぶ様⁉　そんなに乱暴に切ったら……⁉」と震える譜風《ふう》の声が聞こえてきた。

なにもおかしいことはしていないはずなのに。りぶが小首を傾《かし》げていると、〝そいつ〟は突然りぶの目に襲いかかってきた。

「…………ぐっ……ううっ……ギャー！　ダメだ！　目が！　目が染《し》みるーっ！」

玉ねぎって切るとこんなに目が痛くなるものなのか。太陽の光に当たったときと同等、いやそれ以上かもしれないダメージだ。

擦《こす》ると余計に痛くなるから子どものようにギャーギャー喚《わめ》いて涙を流していると、

「りぶ様、リアクションがベタすぎます。マイナス十点です」

「リアクションも審査されるの⁉　厳しくない⁉」

苺子からのマイナス評価に唇を尖《とが》らせながら、りぶはみじん切りした玉ねぎと合いびき肉をフライパンで炒《いた》める作業に入った。

火を通すとそれっぽいというか、〝料理をしている匂い〟がキッチンに漂いはじめる。結構上手《うま》くいくんじゃないかと自信が湧いてきた。

「よーし、お肉の色も変わったし一旦火を止めるか……あ！　お鍋がめっちゃグツグツしてる！　じゃがいもが茹で上がったのかも！」

お湯を捨てて、湯気の立つじゃがいもをどうすればいいのか再び動画を視聴する。お姉さんは手際よく、いとも簡単そうにじゃがいもの皮を剝いているが……。

「茹でたじゃがいもをマッシャーやフォークで潰す……ん？　マッシャーってなんだろ。このお姉さんはフォークだけど、マッシャーってやつの方がいいの？　ねえ苺子、マッシャーってなに？　この家にある？」

「ダメです。なにも言えません」

ルール上料理中のアドバイスは禁止されているので、苺子は口を固く結んでいる。

「まあ、要は潰せればいいんだよね。……おりゃ！」

両手を使ってじゃがいもを一気に潰していく。人間には耐えられない熱さなのかもしれないが、りぶにとっては問題ない。

少し硬い気がするが、火は完全に通ってないのだろうか。まあ、今完全に潰してしまえばいいだろう。

「ヴァンパイアとしての品性のなさって、料理にも出るものなのね」

「はあ？　そういうしげゆきさんの方は……う」

反論したかったのだが、ゆきの手元を見て口を噤《つぐ》んでしまった。

りぶの工程よりも少し先を進んでいるゆきは、もうタネの成形まで終わらせていた。小判型に整えられたコロッケのタネは、悔しいがどこから見ても美しい。

「どう？　ここで降参してもいいのよ？」

「ま、まだまだあ！　りぶだってやればできるし！　この潰したじゃがいもをさっき炒めた具材と混ぜる！」

ゆきに対抗意識を燃やしたりぶは、両手を使って混ぜたタネの中の空気をパンパンと叩くことで抜こうとして……左手で盛大に破裂させてしまった。

手のひらを滑るように無残にも四散したタネは、りぶの目にはまるでスローモーションのように映っていた。それらは床、壁、そして——たまたま近くにいた譜風の前髪と顔面に、べちゃりと付着した。

「イヤァー！　りりりり、りぶ様⁉　と、とっても気持ち悪い感触です！　た、助けてくださいい！」

「ご、ごめん譜風！　今拭いてあげるからね！」

ティッシュかタオルでも使えば良かったのに、焦《あせ》ったりぶは自分の手で譜風の髪に触れてしまった。直前までじゃがいもやタネを素手で捏《こ》ねていたりぶの手で触るということは、事態が完全に悪化することを意味する。

「ギャー！　わざとですか⁉　わざとですねりぶ様⁉」

「違う違う！　マジごめんって！」

「酷《ひど》いです……うぅっ……」

譜風に謝り倒してから掃除していると、やれやれと言わんばかりに苺子がやってきた。

「りぶ様は力が強すぎるんですよ……それに、空気を抜くのはハンバーグの作り方です。コロッケではやる必要はないんです」

「苺子。アドバイスはルール違反でしょう」

ゆきに睨《にら》まれて、苺子は慌てて口を閉じた。

「りぶ～？　これは勝負にならないんじゃないのかい？　ギャンブラーの勘が告げる……この勝負はゆきの勝ちだねえ」

助言するわけでも掃除を手伝うわけでもなく、ただ勝負を傍観していた十景《とかげ》が冷やかしてきた。

「あーもう！　十景うるさい！　邪魔すんならあっち行ってて！」

「お？　やるのかい？　ほら！」

十景が余ったじゃがいもを投げてきたことが、ゴングとなった。

「……やったな？　えい！」

りぶの投げたじゃがいもは、十景の額に見事にヒットした。

「やーい、見たか！　ストレートっていうのは、こう投げるんだよ！」

「地味に痛いじゃないか！　あたいはもう許さないよ！」

玉ねぎが飛び、卵が飛び、塩コショウの瓶が飛び……せっかく掃除して綺麗《きれい》になりつつあったキッチンは、一瞬にして戦場に早変わりした。

こんな混沌《こんとん》とした戦場においてもゆきは着々と手を動かして調理を進めているようだったが、白熱していたりぶが我に返ることは難しかった。

「コラー‼　食材で遊んじゃダメです！　りぶ様、失格にしますよ⁉」

「い、苺子⁉　ご、ごめん……」

ごはんのことになると厳しい苺子に叱られたことで、この最悪の戦いは終息した。

反省したりぶは、しっちゃかめっちゃかになってしまったキッチンを見てへなへなとしやがみ込んで、床に落ちた食材を拾いつつ呟《つぶや》いた。

「……こ、心が折れそう……真咲《まさき》い、助けてえ～……」

ここにいない美味しそうな血の持ち主には、りぶの声など届くはずもなく。

たった一つのコロッケを揚げるだけでこんなに大変なのか。昔聞いたことがあるテレビアニメのOPの歌だと、めちゃくちゃ簡単そうに作っていたのに……！

「全く、なにをやっているのかしら」

「……え⁉　しげはもう揚げる段階なの⁉」

ゆきが手に持つ銀色のバットの上には、小判型のコロッケのタネがきっちりと並べられている。ガスコンロの前に立ったゆきが、フライパンを火にかけた。

「いざ、参る！」

ゆきがパン粉をつけたタネを油の中に入れると、ジュワーッという美味しそうな音が奏《かな》でられた。

その魅力的な音は皆の食欲を大いに刺激したようだった。周りに集結して「おお～！」と言いながら観察する皆に見せつけるように、ゆきは鼻高々に手際を披露している。

苺子は満足そうに頷《うなず》き、解説していた。

「揚げたときにタネを割ってしまう理由っていくつかあるのですが、ゆき様は全部クリア

していています。タネを冷蔵庫に入れて冷まし、油の温度を一定に保ち、少量ずつ揚げていま
す。まさに、パーフェクトです！」

「い、苺子ちゃんなのに料理番組みたいな解説ができてる……⁉」

譜風が衝撃を受けているなか、りぶは次第に焦りが強くなっていた。

「ま、負けてられるかあ！　うおりゃあああああ！」

ゆきに追いつくために急いで手を動かして残った具材でタネを作り、隣のコンロの前に
立った。

「りぶも揚げていくよー！　ほい！」

油の海の中に投入したタネは、すぐにバラバラになってしまった。

「げー⁉　なんでえ⁉」

「だから言ったじゃないですか！　コロッケは難しいんですよって！　コロッケを笑う者
はコロッケに泣きますって！　コロッケの呪いにかかって失敗するって！」

「そこまで言ってたっけ……？」

頑張っているのにどうにも上手くいかないショックで、りぶはガックリと肩を落とした。

ゆきは溜息《ためいき》を吐《つ》きながら、りぶのコンロの火を消した。

「やる気がないなら火の前に立たないでちょうだい。危ないわよ」

厳しいのか優しいのかわからないことを言って、ゆきは自分のフライパンの中からすべてのコロッケを取り出した。

そして、事前にキャベツを盛っていた白い平皿に熱い小判を二つ、飾った。

「できたわよ。早速、審査してもらえるかしら」

「は、はい！」

審判である苺子が座ると、ゆきはテーブルの上に皿とフォークを置いた。

「どうぞ、召し上がれ」

「では、いただきます！」

苺子が熱々のコロッケをフォークで割ると、サクッといういい音がした。見た目も匂いも音も、悔しいがとても美味《おい》しそうだ。

一口サイズにしたそれを口の中に入れた瞬間、苺子の表情はわかりやすく輝いた。

「ん〜！　とっても、とっても、美味しいです！」

苺子のリアクションは嘘《うそ》をついているものとは思えなかった。幸せそうに一口目をじっくりと堪能《たんのう》した後は、残りのコロッケを夢中で頬張っている。

苺子を見ていたりぶの腹の虫も「食わせろ」と鳴いている始末だ。

「ふふ……これは、勝負あったのではないかしら」

まだりぶのコロッケは完成していないというのに勝利を確信したのか、ゆきは自信に溢《あふ》れた瞳でりぶを見た。

「……そ、そんなのわかんないじゃん！」

「そうかしら？　さっさと負けを認めるのも潔《いさぎよ》いと思うけど」

ゆきはそう言って、コロッケを一つ載せた皿をテーブルの上に置いた。

どうやら、りぶの分らしい。腹の虫がまた騒ぎ出すが、これを食べることは即《すなわ》ち、りぶが白旗を掲げることと同義である。

「うう……りぶは……！　りぶとマヨぱんのプライドのためにも、負けを認めるわけにはっ……！」

懊悩《おうのう》するりぶに寄り添うように、苺子《いちこ》が励ましの言葉をかけてきた。

「りぶ様、料理は一長一短ではできないので仕方がないですよ。そんなに落ち込まないでください」

「一朝一夕の間違いだと思うけど……ねえ、苺子は料理を作るときにどんなことを考えているの？　どうすればもっと上手にできる？」

苺子は目をパチクリとさせて、ただ日頃から心掛けていることをそのまま口にした、という雰囲気で語った。

「わたしはですね、りぶ様と譜風《ふう》と十景が『美味しい！』って笑顔になってほしいって思っています。愛情いちばんです！」

綺麗ごとを言っているわけでも、技術面が足りないりぶを慰めようとしているわけでもなさそうな苺子の言葉は、勝つことばかり考えていたりぶの心にじんと響いた。

「それはアドバイスには当たらないのかしら……まあ、そんな根性論で私の勝利が揺らぐことはないから、大目に見てあげる」

余裕ぶったゆきが何やら言っているが、あえて聞こえないフリをした。

そう、この料理対決がはじまってから今まで、りぶはゆきのことしか見ていなかった。ゆきに勝つことばかり考えていた。

食事の必要性のないヴァンパイアなのに、どうして苺子が手料理を振る舞うことに拘《こだわ》っているのかまで考えていなかったのだ。

苺子は皆で食卓を囲むことを重要視している。

それは苺子と出会ったときから一貫して変わらない、あの子の願いでもある。

いつも美味しいごはんを作ってくれる苺子に「頑張って作った料理を食べてもらいたい」という気持ちが、りぶのなかで初めて生まれた。

「……苺子、いつもありがとうね」

「へ？　りぶ様、急にどうしたんですか？」

「よおおおし！　いっくよー！　絶対美味しいコロッケを作るぞー！」

戦うのはゆきだけど、食べてもらうのは苺子なのだ。

それに気がついたりぶは、人が変わった……いや、ヴァンパイアが変わった（？）ように、集中して料理に取り組んだ。

床に落としたり揚げるときに失敗したりしたせいで、タネはもうコロッケ一つ分しか残っていない。この一個に愛情も情熱もすべて注ぎ込むしかなかった。

丁寧に、丁寧に。一つひとつの作業に集中しながら、りぶはついにたった一つの、苺子のためのコロッケを完成させた。

「うっし！　お待たせ苺子！　できたよー！」

見た目は決して美しいとは言えなかった。

だが油の中で崩れた部分を味見したとき、りぶにとっては最高に美味しいコロッケに仕上がっているという自信が持てた。

「ちょっと崩れちゃったし綺麗な小判型ってワケじゃないけどさ、料理は見た目じゃないってことで！」

「固形状を保っているのが不思議なくらい崩れているじゃない。それにおそらく、揚げが足りないわ。食欲をそそられる色とは言いづらいわね」

ゆきが冷静に酷評してきたが、ここも言い返したい気持ちをグッと堪《こら》えた。今りぶが向き合うべきなのは、苺子だけなのだから。

「さ、苺子。食べてみて！」

座る苺子の前に皿を差し出すと、苺子はまだ食べる前だというのに頬に手を当てて、瞳を輝かせていた。

「形はともかく、りぶ様の手料理なんて初めてなので嬉《うれ》しいです！　いただきます！」

熱々のコロッケを口に入れる様子をじっと見つめながら、苺子のリアクションを待つ。

咀嚼《そしゃく》している苺子は何も言わなかった。未《いま》だかつてない緊張から、りぶの心臓は爆音を鳴らし続けている。

コロッケを飲み込んだ苺子は口に付いたソースを拭くこともなく、ポツリと呟いた。

「……とっても美味しい、です……」

「え⁉　ホントに⁉」

料理は見た目じゃないと予防線を張っておきながらも予想外の高評価が信じられなくて、りぶは思わず聞き返してしまった。

「わ、わたしにも理由がわかりません……なんで、りぶ様のコロッケは崩れているしサクサク感も弱いのに、こんなに美味しいのでしょうか……ハッ、もしかして……わたしに対する愛情がたっぷり注がれているからですか⁉」

「いやー……確かに愛情は込めたつもりだけどさ、そんなに効果てきめんなのかなあ……自分と苺子が怖くなってきたんですけど」

愛とか抽象的な概念で本当にそんなにも料理が美味しくなるものだろうか？

「……おそらくですけど……りぶ様が普段から、苺子ちゃんの手料理を食べているからではないでしょうか」

りぶをはじめ、皆が一斉に声を発した主――譜風に視線を送った。

注目された譜風は慌てたのか、赤面して口を閉ざしてしまった。

「譜風、どういうことか詳しく説明してくれる？」

眉間に皺《しわ》を寄せたゆきが、譜風に続きを促した。

「は、はい。えっと……ずっと同じごはんを食べ続けてきたことにより、りぶ様と苺子ちゃん……それから、私や十景《とかげ》さんは味覚が近しいものになっているのではないでしょうか。りぶ様が美味しいと思ったものは、苺子ちゃんも美味しいと思うのではないか、と」

ヴァンパイアに食事の必要性はない。

それでも苺子は、皆で一緒に食べることを大切にしてきた。

その結果がこういう絆《きずな》として表れたことに、胸に温かいものが灯《とも》る。

「そっか……じゃあ、全部苺子のおかげだね」

「えへへ……わたし、これからも皆と一緒に食べるためにごはんを作り続けますね！」

「いい話っぽくまとめようとしているみたいだけれど、勝負はまだついていないでしょう？　りぶのコロッケが予想以上の仕上がりだったのはもうわかったから、どっちが美味しかったのかちゃんと審査しなさい」

ゆきから冷静なツッコミが入るも、りぶはもう勝利を確信していた。

「わかりました、では審査結果を発表します。一回戦・お料理対決は……りぶ様の勝ちです！」

試合に勝ったボクサーのごとく、りぶは右手の拳を高々と空に突き上げた。

「よっしゃあああ！　りぶの勝ちー！」

「そ、そんなバカな……！　コロッケの見た目、匂い、食感を考慮したとは思えない！　勝負とは公平に審査されるべきでしょう⁉」

抗議するゆきを納得させたのは、意外にも譜風の一言だった。

「で、でも……審判は苺子ちゃんなので……」

「くっ……！」

歯噛《はが》みするゆきの前に立ったりぶは、真面目な顔を作った。

「いい勝負だったと思っていますし、この勝負を経て大切なことに気づくことができたので、しげゆきさんには感謝しています。これからもよきライバル関係として――」

「なにを終わったような雰囲気にしているの!?　まだ一回戦でしょう!?　私はまだ負けてないから！」

ゆきの怒声が、晩杯荘《ばんぱいそう》に響き渡った。

一回戦・料理対決――勝者、りぶ。

◇

りぶたちが移動してきたのは譜風がひとりでよく訪れるという、駅近にあるカラオケボックスだった。

次の勝負をするためには、場所を変える必要があったからだ。

「二回戦！　歌唱力対決～！」

「「イエーイ！」」

マヨぱんメンバーはりぶをはじめ、カラオケに来たことでテンションが上がって大盛り上がりだった。

「歌といえばこの人！　歌唱力対決を提案し、審判も務めてくれるのは……譜風！」

「は、はい！　が、頑張ります！」

普段は大人しい印象を与える譜風だが歌唱力は相当に高く、マイクを持つとスイッチが入ったかのように別人になる。久々に譜風の歌が聴きたいし勝負が終わったら何曲か歌ってもらおう。

りぶがウキウキしていると、

「一つ、確認したいことがあるのだけれど」

挙手をしたゆきが胡乱《うろん》な目を譜風に向けた。

「さっきみたいに、不正が蔓延《はびこ》る不公平な審査にはならないでしょうね？」

「ふ、不正ってなんですかあ！　わたしは正々堂々！　審判としての務めを果たしたつもりですよ！」

反論する苺子は無視して、ゆきは譜風だけを見ている。譜風はゆきの威圧感に一瞬たじろいだように見えたが、すぐに背筋を伸ばして真正面から言い返した。

「私は、歌については嘘《うそ》をついたりはしません！　それに……」

譜風はリモコンを操作し、採点機能の画面をモニターに映した。

「歌唱力の採点は機械にお願いするつもりですから、不正の心配なんてないんです！」

現代社会の技術の進歩の素晴らしきかな。これで平等な審査ができる……はずなのだが、りぶは素朴な疑問を抱いた。

「え？　だったら譜風が審判やる意味なくない？」

思ったことをそのまま りぶが口にすると、「あ、確かに」と皆が思ったのか、気まずい沈黙が流れた。

ヤバいと思って譜風の様子を窺《うかが》うと、瞳は前髪で隠れて見えないものの俯《うつむ》いて小さく震えていた。……もしかして、泣きそうになっているのでは？

「ぎ、技術面の採点は機械にお願いすることにしてさ！　譜風には、りぶたちがちゃんと心に響く歌を歌えているかどうかの採点をお願いしようかな！」

「りぶ、どういうこと？　心に響く歌って、具体的には？」

譜風の存在意義をフォローするための思いつきの提案は、ゆきに当然のように突っ込まれてしまった。

「えーっと……そう！　皆を感動させられる歌になっているかってこと！　このカラオケって衣装の貸し出しサービスがあるじゃん？　だからさ、衣装やダンスを含めた総合的なパフォーマンスで判定してもらおうよ！」

「主観で採点するってこと？　それこそ容易に不正ができるじゃない」

「うっ……」

「そもそも、衣装やダンスってなに？　またりぶの思いつきでしょう？」

淡々とした声音でゆきに詰められると、ついタジタジになってしまう。

「ぐっ……ああもう！　しげはいちいち細かいんだよ！　負けるのが怖いからって駄々こねんな！」

「負けるのが怖い？　そんなワケないでしょう。取り消して」

せっかくルールを決めて三番勝負にしているというにもかかわらず、すぐに場外乱闘を始めようとするふたりを譜風《ふう》が止めてくれた。

「だ、ダメです！　ここでケンカしたら、マイナス査定しますよ！」

普段は気弱な譜風だが、やはり歌のことになると強気になれる質《たち》らしい。

りぶもゆきもピタリと動きを止め、ここは譜風の指示に従う選択肢を選んだ。

「えっと……ここでは、歌唱力を評価する機械の採点プラス、パフォーマンスを評価する私から票が入ると十点が加点される……というのはどうでしょう……？　あ、あと衣装の貸し出しはこの店では一人一点という決まりがあるので、衣装は慎重に選んだほうがいいと、思います……」

　審判として述べられた譜風の意見に、反対する者は誰もいなかった。

「うん、わかった。っていうか、人気の衣装とか可愛《かわい》い衣装って、他のお客さんに先に貸し出されちゃうかもしれないよね⁉　早く選びに行かないと！」

「ちょいと待ちなよ」

　急いで部屋を出て行こうとするりぶを止めたのは、十景だった。

「え、なに？　ゆきにお金で買収されてりぶの邪魔をしようとしてる？」

「あたいとゆきの両方をいっぺんにディスるのはやめてほしいね。邪魔じゃなくって提案だよ。あのさあ、衣装やらダンスの総合的なパフォーマンス勝負ってことは……セコンドがいるんじゃないのかい？」

　言葉の意味が何一つわからなかったのは、りぶだけではないらしい。

「歌唱力対決にセコンド……？」と皆が小首を傾《かし》げている中、いち早く頭上にピコンと灯《あか》りが点《つ》いたのは譜風だった。

「もしかして、プロデューサーって言いたいのでしょうか？」

「そう！　それだよお！　人気アイドルには必ずプロデューサーがいるだろ？　誰かがアドバイスとかしてあげた方がいいんじゃないのかと思ってさ」

どうやったらプロデューサーとセコンドを間違えるのだろうか。しかし譜風のおかげで謎は解けたし、わりといい提案だとも思った。

「うん、いいんじゃない？　十景にしては珍しく真っ当な意見じゃん」

自分を客観的に見ることは難しい。どんな衣装が似合って、どんな戦い方をすればいいのか意見をしてくれる人が、この勝負では必要な気がした。

「そうだろ〜？　じゃあ早速、アドバイス料をいただこうかね。一人につき……」

「だからギャラの話はいいって！　ほんっとしつこいな！」

十景の金への執着心に呆《あき》れていると、ゆきもまた大きな溜息《ためいき》を吐《つ》いた。

「ギャラは論外だとして、プロデューサー云々《うんぬん》の話はどちらでもいいわ。審判の譜風はどう思っているの？」

「そうですね、おふたりがいいと仰《おっしゃ》るなら、プロデューサー案を取り入れましょうか。ではりぶ様、ゆき様、十景さんか苺子《いちこ》ちゃんとペアを組んでください」

その瞬間、りぶとゆきの間に奇妙な緊張感が走った。

……十景か、苺子……？

どちらかを選ばなければならない……だと……？

そう、プロデューサーという言葉と程遠い存在すぎて失念していたが、りぶとゆきに残された選択肢は元から二つしかないのだ。

「りぶ様もゆき様も、わたしを取り合ってケンカしないでくださいね？」

苺子はそう言って、自信満々に胸を張っている。

「まあ、こういうのはセンスが問われるからねえ。大人の魅力満載のあたいを相棒にしたほうがいいんじゃないのかい？」

十景《とかげ》もなぜか「あたいを選ばないやつっていいんの？」くらいの得意気な顔で、りぶとゆきに視線を送る。

「ふたりのその自信はどこからきてんの……？」

苺子に任せたらとんでもないセンスで恥ずかしさMAXのプロデュースをされそうだし、十景に任せたら火傷《やけど》どころでは済まない黒歴史を作ってしまうのは避けられないだろう。

まあ、なんというか……究極の選択だ。

りぶがチラッとゆきを見ると、ゆきもまたりぶに視線を寄越していた。

――どっちを選んでも、ロクなことにならないのでは？

ヴァンパイアとはいえ、りぶとゆきにテレパシー能力はない。

だけど確かにこの瞬間、ふたりの心は通じ合っていたと言える。

「あ、あの。公平にあみだくじで決めましょうか」

硬直するりぶたちを見かねてか、譜風が助け舟を出してくれた。

そうだ、考えていたって嫌な予感で動けなくなるだけ。りぶとゆきはもう一度顔を見合わせ、あみだくじに賛成の意を伝えた。

「どっちを引いても、文句は言わないでよね」

「いいえ。どっちを引いても、文句しか言わないわ」

ゆきの言葉に完全に同意だった。

譜風が作ってくれた簡単なあみだくじ。せーの、で選択した結果——りぶには苺子、ゆきには十景がプロデューサーとしてつくことになったのだった。

◇

「りぶ様はとってもラッキーですよ！　わたしが味方だということは、もう勝ったも同然なのです！」

プロデューサーになった苺子は張り切っているようだった。プロデュース能力はともかく、やる気を持って応援してくれるのは素直にありがたいと思った。

「頼むよ苺子。りぶを素敵にプロデュースしてね」

互いに手の内を見られぬように、わざわざ部屋をもう二部屋借りた。一室はりぶ&苺子、もう一室はゆき&十景の控室用だ。

どんな勝負でも真剣に、遊びはいつだって自由に本気で。

これは長く、楽しく生きたいヴァンパイアの目的と違わない、れっきとした勝負《あそび》だから。

「苺子はさー、どういう戦略をとるつもりなの？」

「ちゃんと考えていますとも。譜風は歌が上手《うま》いからこそ、歌に厳しいはずです。相手の土俵には上がらないようにしましょう！」

「つまり、どういうこと？」

「譜風が好んで聴く音楽はジャッジが厳しくなると思いますので、逆に普段の譜風が聴かないような音楽を選択すればいいということです。たとえば、メタル系のような」

「……確かに。苺子、ナイスアイデアじゃん！　めっちゃ冴《さ》えてるじゃん！」

「ふふん！　わたしだってやるときはやるんですよ！　なんてったたって今のわたしは、〝ぷろでゅうさあ〟ですから！」

ドヤ顔で胸を叩《たた》く苺子にりぶはニヤリと笑ってみせて、スマホを取り出した。

「よし！　そうと決まれば！　この間ＮｅｗＴｕｂｅ《ニューチューブ》で見つけたバンドが格好良かったんだよねー！」

うろ覚えの曲名だったがなんとか検索で見つけ出すことに成功し、ＰＶを視聴した。

男性四人組のヴィジュアル系へビメタバンド。彼らの容姿はいいとも悪いとも思わないが、激しいシャウトが映える曲はやはり、りぶ好みだ。

「うん、決めた。りぶはこの曲で勝負する！」

「わっかりました！　……あ、でも。ダンスはどうします？　この人たちはバンドなので、踊ってないですよ？」

「ダンスはあくまでパフォーマンスの一環でしょ？　大丈夫、りぶには〝秘策〟があるから！」

「さっすがりぶ様ですね！　それでは早速、衣装を選びに行きましょう！」

たくさんの衣装が用意されているレンタル室に足を運んだふたりは、可愛いドレスや煌《きら》びやかなアニメキャラのコスプレ衣装を見てテンションこそ上がったものの、迷うことなくあのバンドの正装である男物の黒スーツを手に取った。

「苺子、どう？」

部屋に戻ってから早速着替えてみたりぶは、尋ねた。

「ふわあああ……！　とっってもカッコイイです、りぶ様！」

真《ま》っ直《す》ぐに伝えてくれる言葉と瞳をキラキラさせる苺子の表情から、お世辞ではないと信じたい。

「えへへ……そうかな？　でもさ、せっかくいろんな衣装を選べるんだから、やっぱりもっと可愛い曲にすればよかったかなあ」

「大丈夫ですよりぶ様！　黒スーツを着こなしているりぶ様は絶対、勝てます！　最高のイケヴァンですから！」

「イケてるヴァンってなに？」

「イケてるヴァンパイアです！」

初めて聞いた単語だ。おそらく今苺子が造語したのだろうが、力強く肯定してくれたことで自信も出てきた。

「ありがと。じゃあ、曲の練習に入りますか！　変なところあったらすぐ指摘してね、プロデューサー！」

「はい！　任せてください！」

本当は彼らのようにバッチリと濃いメイクも決めたいところだったが、りぶも苺子もできる気がしなかったので断念した。その分、歌い方や魅せ方を時間の限り練習し、満足のいく出来栄え《できば》えになるまでキッチリ仕上げた。

そして、本番直前。最後のリハーサルを終えたりぶを見ていた苺子は、スタンディングオペーションをしてくれた。

「りぶ様！　これはもう優勝です！　間違いないです！」

「りぶ、カッコイイ⁉」

「はい！　真咲《まさき》が見たらりぶ様に血をあげたくなっちゃうくらい素敵だと思います！」

「マジで⁉　ねえ苺子、写真撮って！　あとで真咲に見せるから！」

「はーい。りぶ様、こっちを見てポーズを決めてくださーい。撮りますよー」

パシャリというシャッター音の後、すぐに確認。

苺子がスマホで撮ってくれた写真は、我ながらイケている気がする。

真咲にもカッコイイって言ってもらえるかもと思ってドキドキしながら、立ち上がった。

「よし、じゃあ行こうか。ステージへ！」

ステージとは即《すなわ》ち、譜風《ふう》の待つ部屋のことだ。

すっかり自信をつけたりぶが扉を開けると、譜風は表情を輝かせた。

「わあ、素敵ですねりぶ様！」

「でっしょー？　まあ、わたしがプロデュースしたので当然なんですけどね！」

自慢気に腕を組む苺子の頭を、よしよしと撫《な》でてやった。

正直、苺子は最初に方向性を提案してからはプロデューサーっぽい働きは特に何もしていないのだが、衣装を褒めてくれたり歌った後に楽しそうに拍手してくれたりと、りぶのモチベーションを大いに上げてくれたから。

「なんで苺子ちゃんが偉そうなの……？」

「まあ、そう言わないの。苺子が頑張ってくれたのは本当だしさ」

りぶが苺子をフォローしていると、ゆきと十景も部屋に入ってきた。

「なによりぶ、その格好は。コスプレ大会じゃないのよ」

「大丈夫だって。もちろん歌も自信あるからさ。……あれ？　しげは衣装レンタルしなかったの？　まさか、歌唱力一本で勝負するつもり？」

ゆきの格好はいつもの白いシャツとスカートのままだ。十景は呆れたように何も言わずにタバコを吸っている。……方向性の相違だろうか。

「それはりぶの仕上がり次第かしらね。先攻は譲るわ」

「ふーん、随分と余裕じゃん……苺子！」

「はい、りぶ様！」

苺子がリモコンを操作すると、激しいイントロが室内に流れ出した。この勝負のためにりぶが選曲した、難易度の高い一曲だ。

そして、歌い出し。りぶは大きく息を吸った。

「――上手い……！」

思わず声を出して絶賛したのは、他ならぬ審判の譜風だった。

確かな手応えを感じながら、りぶは広い音域を駆使して歌った。

肺活量のあるりぶの声量はマイクなど要らないのではないかと思わせるほどだと、苺子《いちこ》に評された。自信がつくまで何回も、何回も練習してきた。

そう簡単に負けやしない……いや、勝つためのパフォーマンスだ。

「エ……エアギターだ！　間奏のギターソロを完全に弾ききっているだと⁉」

十景から驚きの声が上がった。これぞまさにりぶの〝秘策〟だった。

「待ってました！　これぞりぶ様の秘策！　完全再現の超絶ギターテクニック！」

苺子の応援に力を貰《もら》いながらやりきったエアギターの成功は、りぶの歌に弾みをつけた。

譜風だけではなく、他のヴァンパイアたちも息を呑《の》んで聴き入っているように見えた。

好感触だ。このまま最後まで音程を外さなければ、イケる！

ラスト、高らかにシャウトを決めたりぶは、歌うのが難しいと言われているこの曲を完璧に歌い上げたのだった。

「キャー！　流石《さすが》です、りぶ様ー！」

プロデューサー兼ファン一号の苺子を筆頭に、譜風や十景、そしてゆきまでもパチパチと拍手をしてくれた。

「やるねえ、りぶ」

「ライブ会場に来ているような気分になっちゃいました！」

「へへ。皆、ありがとー！　愛してるぜー！」

手に持っていないピックを投げる動作でファンサービスをしながら、採点結果を待った。

画面に表示されたりぶの点数は——九十八点だった。

「よっしゃあああ！」

「りぶ様、すごい！　これはもう勝ちですよ！　勝ち！」

苺子とハイタッチを交わして喜んだ。なかなかの高得点だ。後攻のゆきには大きなプレッシャーをかけられただろう。

「見たかしげ！　これはりぶが勝ったでしょ！」

「さっきの料理対決をもう忘れたの？　おまえたちのジャッジにはなにがあるかわからないでしょう」

どんでん返しがある可能性はもちろんあるけれど、それでもりぶは慢心していた。

「でもさ、歌唱力だけで勝負に出るなら無理じゃない？　だって譜風から貰えるパフォーマンスの配点、十点を無視するってことじゃん？」

ゆきが衣装のレンタルをしていないということは、このままいけば譜風からの十点は確実にりぶに入るのだ。そうすると、ゆきが機械の採点で百点を取ったとしても、りぶには勝てない計算になる。

「……確かに、そうなるけれど。だけど、私が衣装を選んでパフォーマンスをして……ということを考えると、さすがに羞恥心が勝るのよ……！」

懊悩《おうのう》しながら眉間を押さえるゆきを見て、十景《とかげ》はニヤリと笑った。

「あーあ、このままじゃ絶対りぶには勝てないなあ～？　やっぱり、ゆきよりりぶの方が優れたヴァンパイアみたいだねえ」

十景のわかりやすい煽《あお》りに、ゆきもまたわかりやすく顔を引きつらせた。

「は？　私の方が優れているに決まってるでしょう」

「でもさあ、料理対決でも負けてんだよ？　ってことは、もう後がないってわかってんのかねえ？　ストレート負けだなんて、マザーもガッカリするだろうなあ？」

「う、うるさい十景！　私にはプライドが……」

「プライドねえ……それ、なにもしないで負ける方が傷つくんじゃないの？」

普段はクズの十景だが、たまにクリティカルな一撃を繰り出してくる。今のは効いたんじゃないかと思いゆきの様子を窺《うかが》うと、細い体をわなわなと震わせていた。

「だ、黙れ！　もういい！　……やってやる！　今に見ていろ！」

ゆきはそう言って、部屋を飛び出していった。ついに何かを吹っ切ったようだった。

ゆきはいつも冷静かつ厳しいりぶたちの監視役ではあるものの、りぶにストレート負けを食らうのは我慢がならないようだ。

「十景、今の説得ってアイドルをやる気にさせるマネージャーっぽかったね。パチンコばっかやってないで芸能事務所とかに就職してみたら？」

十景の煽りスキルがこんな形で活《い》きるとは思わなかった。りぶが提案してみると、

「あたいが真面目に働けるわけがないだろ？　まあ、ギャンブルと勝負事は魂賭けてやるべきだってのがあたいのモットーだからサ」

超薄い名言（？）を残して、十景は立ち上がった。

「じゃあ、あたいはゆきの衣装選びを手伝ってくるよ。あたいはマネージャーじゃない。なんてったって、プロデューサーだからね」

十景が出て行った後、りぶたちは部屋の中でふたりが戻ってくるのを待っていたものの時間だけが過ぎていった。

「りぶ様ー、ゆき様はまだですかねー？」

「遅いよねー。……あ、ちょうどメッセージきた」

すっかり待ちくたびれていた頃、スマホに十景からメッセージが届いた。

「……あー、まだかかるっぽい。衣装すら決められてないんだってさ」

十景曰《いわ》く、ゆきは侍、メイド、スーツ……いろいろな衣装を着てみては「違う！」と脱ぎ、決めるまでに難航しているようだ。

りぶが溜息《ためいき》を吐《つ》くと、苺子が尋ねてきた。

「実際ゆき様って、お歌はどうなんですか？」

「フツーに上手《うま》いよ。まあでも、この勝負はりぶが勝っちゃうかな。こういうのは照れずに思いっきりやったほうがいいのに、しげってば恥ずかしがっちゃってるし」

なんだかんだ言ってはいたけれど、ゆきの性格を考えるとおそらく衣装も曲も無難なものを選んでくるはずだ。

ただでさえ後攻、それに時間も空けてしまったためインパクト勝負では難しいというのに、まだ衣装すら決め切れないゆきに負けることはないだろう。

「いつまでかかるんだろ……よし、暇だしちょっと探検してくる！」

勝利を確信したりぶは、せっかく来たのだからと館内を一周だけ見て回ることにした。

各自自由に持っていってもいい、タンバリンやマラカスが並べられたラック。忙しそうにドリンクを運ぶ店員に、大勢で来ている若者の集団。

夜なのに騒がしいカラオケボックスは、夜行性のヴァンパイアにとっては居心地がいい場所なのだ。

「真咲ともいつか、一緒にカラオケに行きたいなー」

そういえば真咲の歌声って聴いたことはないけれど、上手いのだろうか。いや、あれだけ綺麗《きれい》な声をしているのだから、上手に違いない。

歌ってほしいな。実際に耳にしてみたらきっと、惚《ほ》れ惚《ぼ》れして聴き入ってしまうだろう。

不思議とりぶは、そう確信していた。

というか、マヨぱんの企画で『カラオケ行ってみた』っていうのはどうだろう。譜風の歌ってみた企画は好評だし、いける気がする。

明日真咲に話をしてみよう。もしかしたら、「ナイスアイデアじゃん！」って褒められるかもしれない。

りぶがルンルン気分で皆の待つ部屋に戻ると、先ほどまでは感じられなかった異様な空気に戸惑わされた。

「えっ……どうし、たの……？」

異変の正体は、すぐに判明した。彼女を見た瞬間、りぶは口を大きくあんぐりと開けた。

「な、なによ……！　笑いたければ笑いなさいよ！」

チェック柄のノースリーブに、真っ赤なフリルのミニスカート。顔くらい大きなリボンが目を引くコテコテのアイドル衣装を身に纏《まと》ったゆきが、顔を真っ赤にしてマイクを持ち立っていたのだ。

「し、しげ⁉　な、なにその格好⁉」

「どうせ変だと言いたいのでしょう？　笑えばいいじゃない！」

笑う？　どうやらゆきは盛大な勘違いをしているようだ。

りぶの中に自然に出てきた感情は、似合わないと言って笑い飛ばす方向ではない。

——これは……アリなんじゃ……⁉

そしておそらくそれは、りぶだけの気持ちではない。

皆が動揺と興奮からか上手く言葉を発せずにいるみたいだが、その表情を見ればわかる。

ここにいる誰もが内心でゆきを可愛《かわい》いと思っているに違いない。

「いやいや、ギャグにもできないくらい似合ってるから、りぶたちもリアクションに困ってるんだって！」

りぶが興奮気味に伝えると、ゆきはかなり狼狽《ろうばい》していた。

「に、似合ってるですって⁉　……ってことは、か、か……」

「うん。普通にめっちゃ似合ってて可愛いよ！」

思ったままの気持ちを話しただけなのに、ゆきはこの格好がやはり相当に恥ずかしいのか逆効果だったらしく、

「……と、十景！　早くきょ、曲を入れなさい！」

今までにないくらいの完熟トマトのような赤さの顔色になりながら、十景に命令を出していた。

「はいよー」

あのゆきをここまでアイドルたらしめた、名プロデューサー（？）である十景がリモコンを操作すると、数十年前に一世を風靡《ふうび》した女性アイドルの最大のヒット曲が流れだす。

「懐《なつ》かしいねー！」

「わ、私この曲好きでした！」

苺子や譜風《ふう》は早速、懐メロに盛り上がっている。

対戦相手の番とはいえ、りぶも自身のテンションが上がっているのを隠し切れなかった。

「～～♪」

ゆきが歌い出した瞬間、皆ずっとゆきのファンだったかのように激しく興奮して、狭い室内は熱気に包まれた。

なんだろう。言語化しづらい、胸の奥をギュッと摑《つか》まれるようなこの感情は。

恥ずかしさが限界突破して半ばヤケクソ状態になっているゆきは、ところどころ音を外していた。ただその微妙な音痴っぷりが、余計に一昔前のアイドルっぽいというか、長生きしているりぶたちヴァンパイアを〝懐かしさ〟というノスタルジックな気持ちにさせる絶大な効果があったのだ。

「わたしを～見てね～♪」

「「「ハイハイ！　ハイハイ！」」」

皆、オタ芸までやり出す始末だ。

りぶも一旦勝負のことは忘れて、一ファンのごとくアイドル・ゆきに声援を送った。

◇

ゆきが歌い終わったあと、採点結果を待つ皆はディスプレイを凝視していた。

「……りぶ様、大丈夫でしょうか……」

「そんなに心配しなくてもいいと思うよ。……少なくとも『歌唱力』の方では」

苺子《いちこ》を安心させるために言ったのではない。おそらく、純粋な歌唱力対決ではりぶに軍配が上がる。

りぶが懸念《けねん》しているのは、パフォーマンス評価の方だ。

完全に油断していた。ゆきがあんなにアイドル適性が高いだなんて、思わなかったのだ。

「あ、出ました！」

そしてついに、ディスプレイに採点結果が表示された。

点数は——九十一点だった。

「よっしゃーー！　歌唱力ではりぶの勝ちぃ！」

「ま、まだよ！　譜風の判定が出るまでは、勝敗はわからないじゃない！」

その通りだ。ひとまず喜んではみたものの、譜風の票がゆきに入ればりぶは敗北する。

「……譜風！　どっちに票を入れるか、もう決まった⁉」

「……はい。りぶ様とゆき様……どちらに票を入れるのかは、もう決めています」

皆が譜風に注目している。注目されることが苦手な譜風は身を縮こまらせたが、ここは堂々としていなければならない場面だと思い至ったのか、すぐに背筋を伸ばした。

「わ、私がいいなと思ったのは……」

次に譜風が口にする名前が、勝者だ。

りぶとゆきはもちろん、プロデューサーとして親身になって協力してくれた苺子と十景も、息を呑《の》んで譜風の唇の動きを注視していた。

「ゆ……ゆき様、です！」

譜風は、大きく息を吸った。

前髪でほとんど見えない瞳が、確かにゆきに向けられた。

この瞬間、ゆきの勝利とりぶの敗北が確定した。

「……ま、負けたー！　……なんで⁉　歌唱力もパフォーマンスも、しげに劣っていたとは思わないのに！」

ガックリと項垂《うなだ》れたりぶを、苺子は一生懸命励まそうとしてくれた。

「だ、大丈夫ですよりぶ様！　わたしの中では、りぶ様の方が素敵でしたから！」

「……ありがと、苺子」

最後まで応援してくれた苺子に感謝を告げつつも、全力を出し切ったのに負けてしまったりぶは、やはりどうしたって悔しかった。

譜風はゆっくりと口を開いた。

「りぶ様がゆき様に劣っていたとは思っていません。ただ……ゆき様のパフォーマンスの方が心に響いたという理由で、勝敗を決めさせていただきました」

「……そっか。だったら、しょうがないね……」

だってゆきは、りぶから見ても、本当に——

腑《ふ》に落ちたりぶとは対照的に、ゆきは納得のいっていなそうな顔で譜風に尋ねた。

「勝ったのは嬉《うれ》しいのだけれど……私自身は勝った理由がよくわかっていないの。私のあのパフォーマンスのどこが譜風の心を動かしたのかしら？」

「えっと、ゆき様の歌っていた曲が、私が綾《あや》ちゃんと歌っていたときに……一番音楽に向き合っていた頃に流行《はや》っていた曲で、懐かしくて……皆で合いの手を入れるのも楽しくて、いろんなことを思い出してしまって……その、言葉にするのが難しいんですけど、すごくよかったんです」

穏やかな声色で講評した譜風は、ゆきの目を見て柔らかく微笑《ほほえ》んだ。

「でもなにより、普段はこわ……じゃなくて、とても厳しいゆき様がこんなキラキラした衣装をお召しになって可愛らしいダンスをしながら歌うっていう、ギャップに、その……キュンとさせられたので」

「なっ……バ、バカにするな！　わ、私はおまえたちの監視役だぞ！　見るのは慣れていても見られるなんてことは、ましてや、か、可愛いなんて言われる筋合いはない！」

照れ臭さからか、見るからに動揺しながら意味不明な発言をしはじめたゆきの肩に手を回して、りぶは笑った。

「悔しいけど、ほんとに可愛かったからね。りぶも負けを認めざるを得ないって。ねえねえ、もう一回歌ってよ。今度はりぶも一緒に歌いたい！」

「う、歌うワケがないでしょう！」

その後のヴァンパイアたちのカラオケは、時間を延長してしまうくらいに大いに盛り上がった。

二回戦・歌唱力対決——勝者、ゆき。

◇

最終決戦、パチンコ対決。

騒々しい店内にゆきの顔が普段以上に厳しくなっているなかで、パチンコ対決を提案した十景《とかげ》は見るからにご機嫌で鼻歌まで歌っている。

「パチンコと言ったら、審判はもちろんこのあたいしかいないだろお？　ギャンブルを愛し、ギャンブルに愛された女、十景様だよ！」

「十景がギャンブルに愛されているなら、晩杯荘《ばんぱいそう》にもちゃんとお金を入れられるんじゃないですか？」

ジト目で抗議する苺子に対して、十景は大袈裟《おおげさ》に肩をすくめた。

「苺子ぉ、あんたはわかってないねえ。〝ちゃんと〟していたら、ギャンブルの神様には嫌われちまうのさ」

「全然意味がわからないですね！　大体十景は——！」

「ルールは簡単！　軍資金三万円、制限時間二時間で多く稼いだ方が勝ち！」

苺子の反論を遮るようにして、十景は右手の指を三本立てた。

パチンコのことを何も知らないりぶが三万円が多いのか少ないのかもよくわかっていないなか、ゆきは怪訝《けげん》な顔をしていた。

「……ねえ。ちなみにこの軍資金って一体、どこから出ているの？」

「ああ、譜風のお金を借りたのさ。この勝負で手に入れたお金は、全部譜風に渡すように頼むよ」

しれっと答える十景にりぶとゆきで一発ずつゲンコツを入れてから、晩杯荘で唯一アルバイトをしている偉すぎる譜風に、皆で労《いた》わりの拍手をした。

「あ、あのー……りぶ様もゆき様もパチンコに負けた場合って、私のお金はどうなるのでしょうか……？」

　三秒ほどの沈黙が流れた。誰もその可能性に思い至らなかったからだ。

「……ギャンブルっていうのはねえ！　負けたときのことは考えないモンなんだよ！」

「え、で、でも……」

「弱気なやつのところに金は近づいてこないのさ！　譜風だって、いつも弱気でネガティブな男より自信たっぷりの男とお近づきになりたいと思うだろ？　思うよな？　そういうことだよ！」

　十景は大きな声を出すことで譜風の懸念を強引に封じ込めている。ひどい。

「だ、大丈夫だよ譜風！　負けてもなんとかするって！　……でもりぶ、パチンコって初めてなんだよね。ちゃんとやれるかなあ」

「私もよ。十景、もう少しちゃんとルールを説明してちょうだい」

　ゆきとの勝負はもちろん勝ちたいが、それよりも譜風のためにパチンコに勝たなければという気持ちの方が強くなってきた。今までにないプレッシャーのかけられ方である。

「オッケー。それじゃあふたりとも、まずはインスピレーションでいいから好きな台を選んでみてほしいねえ」

「え？　勘で決めていいの？」

「初心者どころか未経験のりぶとゆきに、釘《くぎ》の見極めだったりデータの見方を説明するのは面倒だからねえ。この業界にはビギナーズラックなんて言葉もあったりするし、まあ適当に選んでおくれよ」

「わかった。やってみるよ」

りぶは空《す》いている店内をうろついて、直感で「いいかも」と思った台に座った。台の上のほうにはロボットみたいなやつが付いていて、真ん中のディスプレイはギラギラとした装飾に囲まれている。偶然にも、ゆきも近くにある同じ機種の台を選んでいた。

「そんじゃ、説明するよお。ここに紙幣を入れると、四円分で一個の玉が出てくる。で、この真ん中の穴……スタートチャッカーに玉が入ると、ルーレットが回る。三つの数字が揃《そろ》えば当たりってワケ。確変とか激アツリーチとかは、まあその都度教えていこうかね。そんなに難しくはないだろう？」

「……十景。もう一度説明してもらえるかしら」

「要は数字が揃えばいいってことでしょ？　しげは難しく考えすぎだよ」

ゆきと一緒に十景からの説明を受けていると、店員が苺子《いちこ》に話しかけていた。

「あー、お嬢ちゃん。未成年は立入禁止だよ」

「わたし、百十歳なんですけど⁉」

子ども扱いされたことが不服らしく、苺子は頰を膨らませながら店員に噛《か》みついていた。

「あはは、面白い冗談だね。とにかく、出て行ってもらうからね。このお嬢ちゃんの保護者の方、どなたですか？」

店員は「子どもをパチ屋に連れてくるんじゃねえよ」とでも言いたそうな冷ややかな目で、りぶたちを見回した。

「あ、わ、私です」

譜風《ふう》が手を挙げた。今から勝負するりぶとゆき、それに審判の十景は抜けられないため申し出てくれたのだろう。

「譜風がわたしの保護者!? 異議ありです！　だって、わたしの方がおねえさ――」

「あーハイハイわかったから、苺子はおねえさんだねー。というわけで、ごめんね、譜風。苺子のこと頼んだよ」

りぶは不満そうな苺子の口を手で塞ぎつつ、譜風に託した。

「はい、わかりました。私と苺子ちゃんは先に晩杯荘に帰って待っていますね。りぶ様、ゆき様、頑張ってください。十景さん、審判を頼みますね」

「わたしはまだ認めてませんよ！　りぶ様!?　聞いてますか!?　ま、まだ話は終わってないのにぃ～！」

譜風はまだギャーギャー言っている苺子の手を引いて、パチンコ店を出て行った。

見た目も精神的にも、やっぱり譜風の方が上に見える。……なんて、苺子に言ったら激《げき》昂《こう》しそうだけれども。

「じゃ、気を取り直して……はじめてもらおうじゃないか！」

十景の雑な合図で、ついに幕が切って落とされた。

りぶはほんの少しだけ緊張しながら、自分が選んだ台と向き合った。

「えーっと……お金はどこに入れるんだっけ？」

現金投入口を見つけて紙幣を入れる。それからハンドルを回すと、ピョーンと銀色の玉が飛び出してくる。強弱の加減が難しい。

「うへえ、真ん中の穴にパチンコ玉を入れるだけでも難しいんだけど……」

初っ端《しょぱな》から悪戦苦闘するりぶの独り言が聞こえていたのか、ゆきは同意しながら深い溜《ため》息《いき》を吐《つ》いた。

「あっという間に玉がなくなったわ。お金の価値観がおかしくなりそうね」

だから十景は金にうるさく、金銭感覚が狂っているのか？

十景の人格形成にはギャンブルが大いに影響しているのは間違いないだろう。ああはなるまい、と改めて思った。

十分が経過した。どんどん玉が飲まれていくふたりを見ながら、なぜか十景は得意気だった。

「ふっふっふ、パチンコを舐《な》めちゃあいけないよお。釘を見極め、確率を計算する……パチンコとは頭脳を駆使して運を祈る、いわば一種の競技！　店内の騒音はさながら人生のオーケストラといってもーー」

「あ、これってリーチ？」

「はい？」

りぶの台の液晶では、左右を1に挟まれた真ん中の数字が、ゆっくりと回転している。そしてよくわからない女の子キャラが可愛《かわい》らしい声で何かを話し、液晶には長いムービーが映し出された。

「すごい、普通にアニメみたいじゃん！　パチンコの液晶って結構綺麗《きれい》なんだね……って、十景!?」

リーチの演出を無邪気に眺めていたりぶは、後ろで鼻息を荒くする十景のただならぬ表情にぎょっとした。

「げ、激アツじゃん……！　え、なんで？　データランプを見る限りじゃ、この台はそんなに熱い台じゃなかったはずじゃ……？」

ブツブツうるさい十景が鬱陶しかったが無視して液晶を見ていると、

「あ、揃った！」

「うっわ！　キター！　しかも確変！　これはりぶがリードだな！」

数字が三つ横並びに揃って歌が流れはじめたかと思ったら、ビックリするくらい玉がジャンジャン出てきた。なんだか、さっきまでとは違うゲームをしているみたいだ。

「十景、こっちもリーチみたい。……あれ？　なんだか変ね。回転したまま止まらないのはどうして？」

後ろの台で打っていたゆきの方を見ると、十景が悲鳴みたいな声を上げていた。

「ぜ、ぜぜぜぜぜ、全回転⁉」

「なにそれ？　すごいの？」

抑揚のない声で尋ねるゆきとは対照的に、十景は目を血走らせて大興奮状態だった。

「プレミアだよお！　大当たり確定！　あ、あたいも生で見るのは初めてだよ……なんでこんなパチンコのパの字も知らないようなビギナーが……！」

「だからでしょ。ビギナーズラックがあるって、さっき十景が自分で言っていたじゃない」

「そうだけどお！　せめてもっと喜んでおくれよ！　あたいの夢を土足で踏み荒らしといてさあ！」

なんの感動もしていなそうなゆきに、十景《とかげ》はヤキモキしているようだった。

「やるなー、しげ……って、りぶもまた当たった！」

りぶはどんどん当たりが続いてゆきの方を見る余裕はなくなってきたし、ゆきも当たりが止まらないのか、絶え間なく玉を排出する音が後方から聞こえてくる。

ドル箱と呼ばれる箱が三つ、四つと積み重ねられていく。このままいけば、どうやら譜風を悲しませることはなさそうだ。

最初はパチンコに興味のなかったりぶだったが、激しく光る演出と大きな音、どんどん出てくる玉に次第にアドレナリンが放出されていて、気がつけばのめり込んでいた。

◇

「……りぶ……りぶ！」

ゆきに肩を叩《たた》かれながら耳元で声をかけられて、ようやく我に返った。

「わ、ごめん！　……あれ？　もう二時間経《た》った？」

「いや、少し聞きたいことがあって。……積んでいた私の箱がなくなっているんだけど、まさかりぶが持っていってないわよね？」

「はあ？　そんなことするわけないじゃん……あれ？　っていうか、りぶが積んでいた箱もなくなってるんだけど⁉」

りぶとゆきは顔を見合わせて、すぐに一つの結論に至った。

「……十景は？　どこに行った？」

「しばらく姿を見ていないわね……」

嫌な予感を胸に、手分けして十景の捜索を開始する。必ず店内にいると確信していたため見つけるのは容易だった。

某アニメのタイアップ機の前でタバコを吸いながら、プッシュボタンを押しまくる十景の後ろに、そっと立つ。

「こいつは絶対くるだろっ！　こなきゃありえんだろ！　よし……よし……って！　なんで外れるんだよお！　あたいに恨みでもあんのかよお！」

周囲のお客様に多大な迷惑をかけながら大声で台を詰《なじ》る十景の右肩を、ガッと摑《つか》んだ。

「と〜か〜げ〜？　こんなところで一体、なにをしているのかなあ〜？」

ゆっくりと後ろを振り向いた十景は一瞬焦《あせ》ったような表情を見せたものの、すぐにヘラッとした笑みを浮かべた。

「りぶ、そんな強い力でやめとくれよお。審判ってさ、結構疲れるものなんだよ？　ちょっとくらいの息抜きはいいじゃないのさ」

「なるほど……息抜きねえ。だったら、私も十景だけ血の配給を抜きにしても文句はないってことよね？」

悪びれずに言い訳を並べる十景の左肩を摑んで、ゆきは見た者の背筋を凍らせかねない怖い笑みを浮かべた。

「息抜きと配給抜きは、意味が違うじゃないかあ～……って、なんだよふたりともその目は。あたい、そんなに悪いことしたかい？」

りぶとゆきはじっと、十景が自白するまで無言で見つめた。

ふたりの間で圧を受けていた十景はやがてその息苦しさに堪《た》えかねてか、情に訴えかける作戦をとってきた。

「だあってさあ～！　ふたりしてジャンジャカジャンジャンジャン大当たり出しまくるんだもんよお～！　そんなの見てたら誰だって打ちたくなるのが普通だろお？」

りぶには理解できない理屈だった。

「じゃあ一つ聞くけれど、十景の軍資金はどこから出ているの？　偶然かもしれないけれど、私たちが積んでいた箱が綺麗になくなっているんだけど……」

「言いがかりはよしてくれよ。ほら、あたいは箱なんて積んでないだろ？　使い込むにしてもあの数を短時間で空っぽにするのは無理じゃないのかい？」

　ここで自白するならまだ罪は軽かったのに。

　白を切るつもりならりぶはもちろん、正義感の強いゆきが許すはずもない。

「あのね、私たちもそこまでバカじゃないの。……換金したんでしょ？」

「うっ……なんでそんな人聞きの悪いことを言うんだい？」

　ゆきは笑ってこそいるものの、その体から湧いて出ているオーラは禍々《まがまが》しい。少しでも嘘《うそ》をついたり言い訳をしたりすればきっと、十景はしばらく安眠できないほどの恐怖にうなされることになるだろう。

「人聞きの悪いだなんて失礼ね。処罰の前に一旦忠告を挟んでいる私は、とーっても優しいと思うのだけど？」

「で、でもさあ、あたいがやったっていう証拠は……」

「今のうちに謝って早く返した方がいいわよ。これ以上罪が重くなる前に」

「…………すみませんでしたー！」

　謝ったはいいがすぐに脱走しようとした十景の腕をりぶは摑んで、逃がさない。

十景の行動が予測できるのは、ゆきだけじゃない。ぎこちない笑顔を振りまいて何かを誤魔化そうとしている十景がやりそうなことなど、りぶにだってわかる。

「で？　十景、換金したお金はどうしたのかな？　まさかとは思うけど、ネコババしようとしてないよねえ？」

「そ、そんなハズないだろお？　あたいはお金の前ではいつだって誠実で……誰よりも貪欲なんだよ！」

そう言って、またしても逃げようとした十景を取っ捕まえたりぶは、財布から数万円を取り返した。

「油断も隙もありゃしない……」

「あー！　あたいのお金ー！」

「『十景の金じゃない！』」

店内なのにもかかわらず、りぶとゆきの息の合った雷が十景に落とされた。

「譜風《ふう》には倍にして返すつもりだったんだよお……」という供述を信じて、ゆきはマザーへの報告はしないという恩赦を十景に与えた。

……まあ、そんなやり取りがあった話は、勝負に関係ないから置いておくとして。

店内で騒ぎを起こしたりぶたちは、強制退店させられてしまった。

「……ねえ。この勝負って一体、どっちが勝ったの？」

「審判のあたいとしては、りぶもゆきも当たりを出しまくってて感動したよ。めったに見られないイイモノを見せてもらったってことで、引き分けだね！」

「十景が出玉をごっちゃにして換金したせいで、勝敗がつけられないのでしょう？　なにをいい感じにまとめて終わらせようとしているの？」

譜風に返せる分のお金は回収できたものの、どちらの出玉が多かったのかなんて当然わからぬまま、パチンコ対決は幕を下ろした。

最終決戦、パチンコ対決——両者、引き分け。

◇

晩杯荘《ばんぱいそう》までの夜道を、りぶとゆきは肩を並べて歩いていた。

十景はというと、「あたい、一条《いちじょう》くんに会いに行くから！」と言ってさっさと姿を消してしまった。本当に自由なやつである。

「……十景って、恋人がいたのね。知らなかったわ」

心底驚いたように口にするゆきがおかしくて、りぶは笑った。

「しげ、たぶん勘違いしてるよ。一条くんって十景の行きつけのパチ屋の店員だから」

「はあ？　というか、あの子今からまたパチンコって……ある意味私たちよりタフね」

一晩かけてようやく、全試合が終わった。

りぶVSゆきの直接対決の結果は、一勝一敗一引き分けで終わりを告げた。

「結局、三試合もやったのに引き分けかあー。でも最後の終わり方がアレだったし、ちょっとモヤるよね」

「そうね。どちらが優れたヴァンパイアか白黒ハッキリさせたいのであれば、今からでも勝負するけれど……どうする？」

「今から？　それもアリかな。うーん、でも……」

ふたりの足音が、夜の街に響く。

何年も、何十年も、何百年も、りぶとゆきは一緒に生きてきた。

長い長い時間を共有し、反発し、今日のこの日に至るまで、今こうしてふたりで歩いているように肩を並べてきた。

だから、ゆっくりでいいと思う。

遊ぶ機会はまだこれから、いくらでもあるのだから。

「……また今度でいっか」

りぶがニッと笑うと、ゆきも頬を緩めた。

「そうね。私たちには時間があるから」

夜風に当たりながら歩く夜は、悪くない。ひとりじゃないなら、尚更《なおさら》だ。

「今日は勝ち負けとか関係なく、ちょっと楽しかったよね？」

「……まあ、いい暇つぶしにはなったわ」

全く、ゆきはいつだって素直じゃない。いくらゆきが負けず嫌いだからといっても、一晩中りぶたちに付き合う時間や労力のことを考えたら勝負を吹っ掛けられたときに適当にあしらって、とっとと帰っていればよかったのだ。

だが、ゆきはそれをしなかった。

監視役といえども、なんだかんだで最後まで一緒に戦った——いや、遊んだゆきもまた、長く楽しく生きようとするヴァンパイアだということだ。

夜が更《ふ》けていくなかでたわいのない話をしながら歩いていたら、いつの間にか晩杯荘の前に到着していた。

「あれ？　家まで送ってくれたの？　しげ、やっさしーじゃん！」

「監視役なのだから当然よ。ところで、明日はあの人間とまた動画を撮るのかしら？」

「真咲《まさき》がいるときは毎日撮るよ！　なんてったって、マヨぱんの目標はチャンネル登録百万人だからね！　頑張らないと！」

胸の前で拳を握るりぶを見て、ゆきは小さく息を吐いた。

「これからも見張らせてもらうわよ。監視役として」

「監視じゃなくて、応援って言ってくれたらいいのに」

「ふん。それはありえないわね」

あくまで監視役であることを強調して、ゆきは去っていった。

一番付き合いが長いのに、ゆきとは顔を合わせればケンカばかり。

だけど、これから先もずっと付き合っていくのだろう。

りぶは自分たちの過去と未来に想《おも》いを馳《は》せて、夜空を見上げた。

◇

翌日。りぶはパソコンと睨《にら》めっこしている真咲の隣に腰掛けた。

「真咲い～、昨日は会えなくて寂しかったよお～！」

「あ、そう」

真咲はりぶに一瞥《いちべつ》もくれない。相変わらず編集作業に尽力しているようだ。

どうにか真咲の気を引きたくて知恵を絞った結果、りぶはいいことを思い出した。

「ねえ真咲、りぶのカッコイイところ見たくない？」

「別に見たくない」

一刀両断だ。だがこれが真咲の通常運転だと知っているりぶは決して怯《ひる》むことなく、むしろこの後の真咲のリアクションを想像してワクワクしながら、スマホを取り出した。

「じゃじゃーん！　見て見てー！」

真咲の目がゆっくりとりぶのスマホに向けられ、そして見開かれた。

画面の中には昨日の歌唱力対決の際、カラオケボックスで着用した黒スーツでポーズを決めるりぶが写っている。

「なにこれ。コスプレでもしたの？」

「これはね、昨日しげと対決したときの写真なんだ。りぶ、めーっちゃカッコイイでしょ？　真咲、キュンとした？　惚《ほ》れちゃったかなあ？」

「……対決……？　ゆきと……？　え？　どういうこと？」

りぶの思惑通り、真咲はようやく視線をりぶに向けてくれた。

嬉《うれ》しいのだが予想外だったのは、なんだか真咲が怒っているように見えることだ。

「へ？　あのね、しげとりぶのどっちが優秀なヴァンパイアかって話になって、それで三番勝負をすることになって……」

一部始終を説明し終わった頃には、真咲は怒っているように〝見える〟ではなく、誰がどう見てもわかるほどに怒っていた。

「信じられない……ありえないんですけど！」

「ま、真咲？　なんで怒ってんの？」

「それすらわかんない⁉　あのさあ、そんな撮れ高のありそうなことしてんのに、なんで動画を撮らないの⁉　っていうか、私を呼びなさいよ！」

「ご、ごめんごめん！　急だったたし、真咲も用事があるって言ってたし、わざわざ呼ぶようなことじゃないと思ってたし……」

「面白そうな企画以上に大切なことなんてないの！　りぶにはマヨぱんとしての！　Ne《ニュ》wTuber《ーチューバー》としての自覚が足りん！」

こんなに激昂《げきこう》する真咲は初めて見た。たじろぐりぶがどんどん小さくなっていくなか、何事かと様子を見にきた譜風と目が合った。

「ど、どうしたんですか……？」

「譜風！　いいところにきた！　一緒に弁明してよお！」

助けを求めようとしたものの、真咲は譜風をも捕まえた。

「譜風も同罪だから！　苺子《いちこ》と十景《とかげ》も呼んで！　寝てたとしても叩《たた》き起こして！」


その日、りぶたちは四人で正座をしながら、真咲のお説教を食らう羽目になった。

足が痺《しび》れて大変だったものの、やっぱり真咲がいるだけで嬉しい。無意識のうちにニヤけてしまったりぶを、真咲は睨みつけた。

「コラりぶ！　ちゃんと反省してんの!?」

「してる！　だから早く今日の動画撮ろうよ！　きっと楽しくなるよ！」

真咲の血を飲むことはりぶにとって最も大切な目的ではあるけれど、真咲と一緒に過ご

せる一分一秒も大切にしていきたいと思った。

それがたとえお説教であっても、だ。

……まあ、あくまで対真咲限定の話である。ゆきにもよく説教されるけれど、あいつの口うるささにはゲンナリしてしまう。

だから昨日の〝遊び〟は楽しかったとはいえ、ゆきと一緒に動画を撮るなんてことは考えられない。――もしゆきがマヨぱんに加入するなんて言い出したら、猛反対しなければ。

「ったくもう！　あんたらからはマヨぱんを盛り上げていこうという気合がまるで感じられん！　……よし。今日の動画は『このまま何時間正座できるか耐久レース』に決定！　修行じゃ修行！」

「「「ええー!?」」」

――いや、やっぱり。いくら大好きな真咲であっても……できれば優しい方がいいかも。

第五話

寝ても覚めても真夜中ぱんチ！

MAYONAKA PUNCH

晩杯荘《ばんぱいそう》のリビングルームにて。

パソコンを見る目を真っ赤にさせながら、真咲はついに声を荒らげた。

「あーもう！　なんで伸びないの⁉」

昨日アップした最新動画の再生数、そして今日時点でのチャンネル登録者数を見ると頭を抱えてしまう。

「真咲、ちゃんと寝た方がいいよ。目の下の隈《くま》がすごいことになってるよ？」

りぶが心配そうに真咲に声をかけてきた。

「そんな悠長なこと言っていられないでしょ。私がこのチャンネルを大きく育てないと、私が頑張らないと、チャンネル登録百万人なんて夢のまた夢なんだから」

もっとたくさんの人に観《み》てもらうためにずっと頑張り続けているのに。努力と結果は比例するわけではないとわかってはいても、真咲はどうしても落ち込んでしまう。

「体壊したら元も子もないよ。一日くらい休んだって……」

「うるさいなあ！　何百年も生きてるりぶとは違って、私はまだ若いから大丈夫なの！」

「人間とヴァンパイアは違うでしょ！　りぶを年寄り扱いしないで！」

……ああ、またやってしまった。りぶは心配してくれているというのに、余裕のなさからつい八つ当たりしてしまう。

自分のことばかりで人の優しさを踏みにじるような真似《まね》ばかりを繰り返していたら、いつかりぶも離れていってしまうかもしれない。

はりシスで炎上して脱退させられたときから、何も変わっていないじゃないか。

「……ごめん」

「ううん、いいよ。でもさ真咲、ひとりだけで頑張らないで。大変なときはりぶたちを頼ってほしいよ」

「……あんたたちには、演者として十分頑張ってもらってる。でも、編集は私しか……ごめん、なんか頭痛くなってきた。やっぱりちょっと休ませて」

寝不足からかストレスからか、急な頭痛に目を開けていられなくなった真咲はテーブルに突っ伏した。

「ちょ、真咲。寝るならベッドで寝た方がいいよ！」

「……いや、少し目を瞑《つぶ》るだけだから……」

自室まで行くのがかったるくてそのまま目を瞑った真咲は、日頃の睡眠不足と疲れも相まって、あっという間に眠りに落ちていった。

◇

爽やかな風が頬を撫《な》でる感覚で瞼《まぶた》を開けた。

「……は？　なに？　ここ、どこ？」

寝ぼけた頭でも認識したのは、どうやら真咲は緑の深い森の中にいて、そしてなぜか目の前にはＲＰＧに出てくるような教会っぽい建物があるということだ。

こんなアホな状況、嫌でも目が覚めた。

「森？　教会？　え、なんで？　私、死んだの？」

状況を理解できない真咲が独り言《ひとりご》ちていると、脳に直接響くような誰かの声が聞こえてきた。

〈聞こえるか……人間……〉

「え？　誰？」

〈私だ……〉

「いや、どっかで聞いたことのある声だけどわかんないって！　詐欺なの？　名乗るのが礼儀ってモンでしょうが」

〈………………いつもあの子たちが世話になっている〉

何か気に障《さわ》ることでも言ったのか、怒っているような、あるいは落ち込んでいるような不自然な間があったが、真咲《まさき》もようやく思い出した。

あいつらが逆らえないとか言っていた、ヴァンパイアのなかで一番偉い「マザー」ってやつだ。

「この意味わかんない状況って、あんたの仕業なの？」

〈そうだ。今回は特別に、おまえのために舞台を用意してやったのだ〉

「はあ？　なんの舞台よ」

〈いいか。チャンネル登録百万人を目指すために、これから必要になってくるのは……アドリブ力だ〉

あ、これ夢だ。この瞬間、真咲はようやく自分の置かれた状況を正しく把握した。

だってこんなこと、マザーは現実では絶対に言わないだろう。

「こんな夢、だるすぎるんですけど……次の企画を考えなきゃいけないっていうのに……」

〈なにか言ったか？〉

「いや、なにも？　えーっと、マザー……さん？　お願いがあってさ」

何がアドリブ力だよと真咲は胸中で悪態をつきながら、いっそのことマザーの力とやらで目覚めさせてほしいと頼もうと口を開いて——

「教えてよ。アドリブ力をつけるにはどうすればいいの？」

なぜかマザーに相談していた。

自分でも意味不明だった。どこからか謎の力が働いているとしか思えない。

〈アドリブ力をつけるためには……その場の空気を読み、相手に歩み寄る力——つまり、協調性を身につける修行をしろ〉

「はあ⁉」

〈この先、いくつかの修行と試練を与える。せいぜい励むことだな〉

「ちょっ、どうせならもっと具体的な指示とか出してもらわないと困るんですけど！」

真咲の訴えも虚《むな》しく、それ以降マザーの声は聞こえなくなってしまった。

「はあ？　どういうことだよ……」

混乱と困惑で頭が痛くなってきて、その場にしゃがみこんだ。

こういうとき、いつも私を心配してくれるやつがいた気がするんだけど……頭の中に靄《もや》がかかっていて、上手《うま》く記憶を取り出せない。

というか、わけのわからない状況下にいるストレスはもちろんあるにしても、それよりも強い感情――胸に穴が空いているかのような、この気持ちはなんだ？

何かを……真咲にとって大切な誰かを、忘れている気がする。

思い出そうとすると頭の中の靄が濃くなって、思考を妨害されてしまう。

「あーもう！　なにがどうなってんだ！」

頭を掻《か》きむしっていると足音が近づいてくる気配を感じて、顔を上げた。

「お困りのようね」

「げっ……！」

反射的に顔を顰《しか》めてしまったのは、今までこいつには邪魔ばかりされてきたからだ。

苦手意識がすっかり表情に出てしまっていたのか、真咲の顔を見るなり彼女はムッとしていた。

「なによその顔は。マザーの命令だ。この私がおまえのアドリブ力を鍛えるために協力してやるから、感謝しなさい」

現れたのは、晩杯荘の監視役であるゆきだった。

ゆきには『ちゅうちゅうがーるず。』のチャンネルを潰されたり、撮った動画を保存してあるSDカードを破壊されたりしているため、真咲はいい印象を抱いていない。

「なんであんたなんかに協力してもらわなきゃいけないの……」

「ごちゃごちゃ文句を言うな。これを見ろ」

ゆきはそう言って、やけに大きい羽織《はおり》とイチゴの載った美味《おい》しそうなショートケーキを取り出した。

「いや、どこから取り出した？　……っていうか、それって……まさか……？」

ゆきが一体これから何をしようとしているのか察してしまった真咲は、考えられる可能性を必死で否定したくなった。

まさかと思いつつ震えていると――ゆきは、恐れていた命令を下してきた。

「二人羽織《ばおり》をする」

「は⁉　なんでよ！　っていうかあんたとなんて無理！」

心構えができていたおかげで、即座に拒否することだけは成功した。そもそも、普段とは違ってこっちはなんのルールも破っていない。従う理由なんてないはずだ。

「アドリブ力を鍛えると言ったでしょう。二人羽織を練習して、完成度が高まってきたらアホの子・苺子《いちこ》の前で披露する。二人羽織であることを苺子に気づかれずにこのケーキを完食できたら、合格だ。マザーも認めてくださる」

「なにそれ……マジで意味わからん」

「うるさい。やると言ったらやる」

二人羽織……というか、三人羽織なら一度、マヨぱんの動画でもやっている。前がりぶ、後ろが苺子と譜風《ふうそば》で蕎麦を食べるというものだった。

苺子は「面白いです！」と言って何度も視聴してゲラゲラ笑っていたけれど、視聴回数はあまり伸びたとは言えなかった。

経験しているということもあるし、さすがの苺子でも二人羽織に気づかないほどの超・ウルトラアホの子ではないだろう。

絶対にやりたくないと思っている真咲は「絶対にやらない」と言おうとしたのだが――

「わかった。これからよろしく」

なんて、意に反した言葉が出るから白目を剝《む》いて倒れそうになった。

「え、なんで⁉　私今なんて言った⁉」

――まさかまた、謎の力が干渉してきたってこと？　最悪なんですけど⁉

「三秒前の発言も忘れるなんて、大丈夫なの？」

「いや待って、違うの！　私はあんたとの二人羽織なんて絶対に……〝成功させるつもりだから！〟……って、なんでよ⁉」

またもや謎の力が働いて、真咲の唇を強制的に動かしたようだ。思ってもない発言をしてしまった自分に耐えられず、真咲は頭を抱えた。

「なにをひとりで盛り上がっているの？」

「いや……もう、どうでもいいわ。さっさと終わらせよ……」

この夢の世界の中では、どれだけ抵抗してもどうにもならないことがあるらしい。

一つ学んだ真咲は今はとにかく、流れに身を任せることにした。

「で、どっちが前でどっちが後ろの役をやるの？」

「真咲のアドリブ力を鍛えることが目的なのだから、おまえが前で後ろが私以外の選択肢はないでしょう？」

言われてみればその通りなのだが、ゆきという女はいちいち癪《しゃく》に障る言い方しかできないのだろうか。

「ぐっ……はいそうですねわかりましたよ。じゃあ早速練習を……」

「考えなしに発言しないでちょうだい。こんな森の中で練習して、リスにでも見てもらうつもりなのかしら？　あそこの教会を使用していいとマザーに言われているわ。行くわよ」

スタスタと先を歩いていくゆきの後ろ姿を見て、真咲は叫んで逃げ出したくなった。

――こいつとは絶対、上手くやれる気がしない！

つくづく相性が悪そうな相手と息を合わせるなんて不可能では？

前途多難な予感を抱きながら、早く夢から目覚めることを祈って真咲は空を見上げた。

◇

真咲とゆきの二人羽織の練習がスタートした。

教会の中でヴァンパイアと二人羽織の練習をしているという謎シチュエーションへの混乱よりも、ゆきへの苛立《いらだ》ちの方がはるかに上回った。

一口サイズに切ったショートケーキを食べるだけの動作が、二人羽織になるとこんなに難しくなるなんて。

「ちょ、下手くそ！　私の口がそんなところにあるわけないでしょうが！　何回同じこと言わせるつもり⁉」

「おまえが意味もなく動くからだろうが！　上手く私を誘導しろ！」

いくら練習に時間をかけても、上達する気配は一向に感じられない。

前髪や顔の至るところに生クリームを付けられた真咲が抗議し、真っ当な仕事をしたつもりでいるゆきが反論する。これの繰り返しばかりで、何度やってもふたりの息は合わなかった。

「もうヤダ。できる気がしないんですけど……」

「文句ばかり垂れるな。ほら、座って。練習を再開するわよ」

なんであんたに命令されなきゃいけないの……と口に出す気力もなく、真咲は大きな溜《ため》息《いき》を吐《つ》いた。夢の中だというのに体は普通に疲弊するという都合の悪い設定のせいで、心身共にヘトヘトだった。

「あー、待って。ちょっと休憩させてよ」

「たったこれだけで疲れるなんて、人間って体力がないのね」

「だってさー、二人羽織の前の方って喋《しゃべ》りもしないといけないし、表情も意識しないといけないし、めっちゃ大変なんだよ？　あんたにはできるってわけ？」

「私はできないなんて一言も言っていないのだけれど？　まったく、仕方がないわね。この私が手本を見せてあげる」

「いらん。別に頼んでない」

「いい？　本来の二人羽織というのは見当違いの動きを楽しむ芸よ。ただ今はそういう笑いは求められていない。いかに私と真咲が息を合わせられるかが鍵なの。相手が動いてから動くのではなくて、動きを予測することが大切なのよ。こんな風に……」

急にひとりでジェスチャー混じりに熱い説明をしてくるゆきを見ていたら、「なにやってんだこいつ……」という気持ちが九割を占める心の中に、今までに抱いたことのない類のわずかな戸惑いが生じているのを感じていた。

ゆきは真面目で、厳しくて、全然融通が利《き》かないやつだ。

だけど、人間とこんな熱心に二人羽織をするヴァンパイアって逆に優しいのでは？　情に厚いイイやつなのでは？　そう思いはじめたのだ。

……もう少し、寄り添ってみてもいいかもしれない。

「相性悪いし、絶対に無理」と思い込んでいた真咲《まさき》の態度は次第に、軟化していった。

「……どう？　少しは伝わったかしら？」

「うん。……ありがと。やってみる」

素直に礼なんか告げたものだから、ゆきも目を瞬《しばたた》かせていた。

集中して熱の入った練習を繰り返し、どれくらいの時間が経《た》ったのだろうか。

その瞬間は突然訪れた。

ヒートアップしている練習では失念しがちだったのだが、体の方から悲鳴を上げたことで真咲は喉がカラカラだとようやく自覚した。

「はー、あっつい。あのさ……」

「ほら、これを飲みなさい」

ゆきに手渡されたペットボトルを「サンキュー」と言って受け取った。中世ヨーロッパ的な世界観かと思っていたのにペットボトルが存在するんかい、と心の中でツッコみつつ水を一気に飲み干してから、気づく。

「……ねえ、ゆき。なんで今、私が喉渇いたって言おうとしたってわかったの？」

「……どうしてかしら……なんとなくとしか、答えようがないわね」

顔を見合わせた。おそらく、ふたりが考えていることは同じだった。

「……今、私が考えていることってわかる？」

「……」

ふたりは何も言わずに、二人羽織の練習を再開した。

それはまるで革命だった。次にゆきが何をしたいのか、どう動きたいのかが、いつの間にか手に取るようにわかるようになっていたのだ。

それに、失敗を失敗と見せないためのアドリブ力が真咲についてくるようになっていた。

ゆきがミスしても真咲が上手くカバーできるということは、二人羽織としてのレベルが上がっていることを意味する。

ゆきと息を合わせることが、心地よい。目指すべき姿へどんどん近づいている感覚が、上達を肌で感じられることが、真咲は楽しくて仕方なかった。

さらに、変化はもう一つあった。

常にゆきとくっついて共同作業をしているせいだろうか。あれだけムカつく女だったはずなのに、真咲にとってゆきが竹馬の友であるかのような、大切な存在のように思えてきたのだ。

ゆきもまた同じような気持ちを抱いてくれているのか、真咲に対しての当たりが驚くほど柔らかく穏やかなものになっていた。

「あ、ごめんゆき！　ミスった！」

「いえ、気にしないで。今のは私のタイミングが悪かったから」

数時間前のふたりとはまるで別人のようだった。

互いに気を遣える温かく確かな絆《きずな》が、今、ふたりの間に芽生えようとしていた。

◇

いよいよ本番の時が近づいてきた。

真咲は爆音を奏《かな》でる心臓を押さえながら、苺子《いちこ》の到着を待っていた。

「あー、緊張してきた……ちゃんとやれるかなあ」

「大丈夫。私たちなら必ず、成し遂げられるわ」

「……うん、そうだよね。ゆきとならできるはず！」

ふっと微笑《ほほえ》みを交わし合って相棒《ゆき》と拳をぶつけ合った後、ふたりは祭壇の前まで移動し、ゆきは二人羽織《ばおり》の布の中に隠れた。スタンバイ完了だ。

ゆき曰《いわ》く、マザーが真咲に課しているアドリブ力テストとやらは『二人羽織であることを苺子に気づかれずに、このケーキを完食する』ことだった。つまり、ゆきの存在を苺子に知られてはならないのだ。

——絶対、テストに合格してみせる！

不思議な力が働いているせいか、真咲はやる気に満ちあふれていた。

「どうしたんですか真咲？　こんなところに呼び出したりして」

来た。二つに結った髪の毛をぴょこぴょことさせて、苺子がやって来た。

「待ってたよ苺子。そこの椅子に座って」

「はい！　わっかりましたあ！」

さすがは夢の世界である。苺子がどこから来たのかも謎だし、なんで教会に呼び出したのに不審がらずに素直に従うのかも意味不明だし、真咲の後ろで動く明らかに人が隠れているであろう大きな布の存在も、不自然に用意されているケーキも、完全にスルーされている。細かい設定はすべて気にされないようだった。

「今日はさ、苺子に見てもらいたいものがあるんだよね」

「真咲のとっておきのギャグのお披露目ですか？」

「違うっての！……いや、まあいいや。見てのお楽しみってことで」

二人羽織をすることに全く気づいていなそうな苺子に、「最後までそのままボケ続けてくれよ」と願いつつ、真咲は乾いた唇を一度舐《な》めた。

「じゃあ、はじめるよ！」

そうしてはじまった二人羽織は、スタートしてしばらくは順調そのものだった。

真咲の軽快な喋りの中に時折入り込む、ケーキタイム。まずはイチゴを食べてから、スポンジを少しずつ切り分け、口の中に入れていく。ゆきとの息は合っている。口を開けば欲しいときに欲しい位置で、ケーキがやってくる。

よし。練習通りに進んでいる。これならうまくいきそうだと思っていたのだが——それは、突然の出来事だった。

「あーん……う、わ⁉」

ほんの一瞬、ほんの僅かなミスだった。

ゆきのフォークを運ぶ動作が真咲が顔を動かすタイミングと噛《か》み合わずに、生クリームがベッタリと真咲の頰についてしまった。

練習しはじめの頃に頻繁にやらかしていた、実に初歩的かつ……痛恨のミスだった。

「真咲？　ほっぺにクリームがついていますよ？」

「ああ、うん、そうね。今取るから……ぐっ」

「首を拭いてどうするんですか！　……なんか真咲、動きが変じゃないですか？」

まずい。苺子に不審がられている。さすがに二人羽織だとバレてしまうかもしれない。

ゆきが焦《あせ》っている様子が、背中に伝わってくる。ふたりのミスなのに、真面目なゆきは責任を感じてしまっているのだろう。

真咲は深呼吸して、心配そうに見てくる苺子の前で笑顔を作った。

大丈夫だよ、ゆき。心配しないで。今から必ず、私が挽回《ばんかい》してみせる！

「な……なんて、美味《おい》しいケーキなの⁉　思わずほっぺで食べてしまったあ！」

さすがに無理があるかとも思ったけれど、こんなくだらないジョークでも苺子はゲラゲラと笑っている。……鈍感かつ、笑いのツボが浅くて助かった。

頰についたクリームをゆきの手が拭ってくれた後は、ラストスパートだ。

真咲はただこの二人羽織を苺子にバレずに成功させることだけを考えて、心の友と書いて心友《しんゆう》であるゆきのためにとにかく全力を尽くした。

「よし！　食べた！　食べたぞ！　ごちそうさまでした！」

ショートケーキを最後の一口までしっかりと飲み込み、ゆきが手を合わせたタイミングで完食を告げた。なんだかよくわかっていなそうな苺子も、真咲の勢いにつられてかなぜか拍手をしていた。

「ど、どうだった苺子⁉」

「楽しかったです！　真咲がわたしに見せたかったものって、落語だったんですね？」

「へ⁉　ま、まあ、そんなとこー」

おそらく苺子は落語の定義をあまり詳しくは知らず、ひとりで座って喋ることを落語だと思っているのだろう。……好都合だから勘違いさせたままにしておこう。

「でも自分だけケーキを食べるなんて、ちょっとイジワルじゃないですか？　わたしの分も用意してくれたっていいと思うんですけど」

なんでここはツッコんでくるんだよ。これまでみたいに流してくれると思ったのに！

「あ、ああー……確かにそうだよね。ご、ごめん。次は一緒に食べよう」

真咲の返答に、苺子は満足そうに笑った。

「はい、楽しみにしています！　それじゃ、わたしは帰りますね！」

「う、うん。じゃ、また」

　苺子を手を振って見送り、教会の扉が閉められてからようやく、後ろの布の中からゆきが出てきた。

「……どうやら、苺子は私の存在には気づかなかったようね……」

「そうみたい……って、ことは？」

「真咲には十分にアドリブ力がついたと言える。……合格よ」

　柔らかく微笑むゆきを見て喜びが溢《あふ》れ出した真咲は、ゆきとハイタッチとハグを交わして互いの健闘を称《たた》えあった。

「やったー！　いやー、マジでゆきが協力してくれて助かったわ！　サンキュー！」

「真咲が頑張った結果よ。今回身につけたアドリブ力はこの先必ず役に立つから、自信を持ちなさい」

「ゆき……」

　心友からの激励の言葉に目頭が熱くなった。

　チャンネル登録者数を増やすためにも、この夢の世界でちゃんとアドリブ力を磨こう。

　マヨぱんのために。そして、汗だくで裏方に徹してくれた、ゆきのためにも。

「真咲《まさき》は私を忘れてしまうかもしれないけれど……また、どこかで会えたらいいわね」

「会えるよ！　ありがとう、ゆき！　私、ゆきのこと絶対に忘れないから！」

「私も忘れないわ。……じゃあ私、そろそろ行くわね」


　こうして、役目を終えたゆきは去っていった。

　残された真咲は、ひとりセンチメンタルな気分に——

「……あれ？」

　全くならなかった。不思議なことにゆきが見えなくなった瞬間、あんなに熱かった感情がスーッと引いて、恐ろしいほど冷静になっていた。

　何かの暗示にかかっていたとしか思えなかった。というより、黒歴史確定である。

「……アホらし」

　そう呟《つぶや》いて、真咲は逃げるように教会を後にした。

◇

この夢は一体いつ覚めてくれるのだろうか。真咲があてもなく歩いていると、晩杯荘《ばんぱいそう》とはまた違うタイプの古びた洋館が見えてきた。

吸い寄せられるように門戸をくぐると、

「あ、真咲。おかえりなさい！」

味噌汁《みそしる》でも作っている最中だったのだろうか、お玉を持った苺子が出迎えてくれた。

どうやらこの家に住んでいる設定のようだが、晩杯荘は一体どうなったのだろう。

まあ、何があっても夢の中なのだから驚くだけ無駄か。もうツッコまない。

「ただいまー」

内装は晩杯荘と一緒だった。ダイニングテーブルに腰掛けると心なしか落ち着いた真咲は、もしかしたら今の生活に結構愛着が湧いているのかもと思った。

「教会で落語を見たときは、ちょっと言いづらいんですけど……真咲、太ったんじゃないかなーって思っていたんです。でも、今見たら普通ですね。勘違いだったみたいです」

真咲が二人羽織をしていたことに気づかなかった苺子は、ゆきの分の体積を誤解して何やらまたバカなことを言っていた。

だけど今回は苺子がこんなアホの子だったおかげで、ミッションをクリアできたわけで。

そう思ったら、感謝の一言くらいは告げたくなった。

「……苺子。あんたのおかげで助かったわ」

「なにがですか？」

「バカでよかったって話」

「な、なんですかそれ⁉ わたしはバカじゃないですよ！」

「いいや、今のは褒めてるから」

「褒めてるんですか？ だったらいいですよ！ もっと褒めてください！」

やっぱりアホの子だ。一周回って少し愛《いと》おしくなってきた真咲がよしよしと苺子の頭を撫《な》でていると、

「な、ななな、なにをやっているんですかあ！」

らしからぬ大きな声を出しながら、譜風《ふう》がやってきた。

「なにって、頭撫でてるだけじゃん」

「ダメです！ 苺子ちゃんは私のものなんです！」

……いや、今回は一体どういう設定なのだろうか？

譜風は苺子の恋人？ 母親？ どの立場から言っているのかはよくわからないけれど、面倒ごとに巻き込まれるのはごめんだ。

「張り合わないでよ。別に苺子は私のものじゃないし、取り合うつもりもな……」

「ないから」と言おうとしたのに、またしても唇は真咲の意思に反して強制的に別の形に動いた。

「……悪いけど私、引く気ないから」

なぜ譜風に堂々と宣戦布告しているのか、真咲自身が一番わかっていない。

わかっているのは、また謎の力が働きかけてきやがったということだけだ。め、面倒くせえ……！

「長い時間を共に過ごしてきた私が、いきなり出てきた真咲さんに苺子《いちこ》ちゃんを取られるわけにはいきません」

「人間とヴァンパイアの時間の感覚を同等に考えないでよ。っていうか、愛に過ごした時間は関係なくない？」

「うっ……そうですね。少しズルい言葉を使ってしまいました……じゃ、じゃあ真咲さんは、苺子ちゃんの好きなところを何個言えますか⁉」

「好きなところね！　……………………えーっと……」

「普通、いきなり口ごもります⁉　ホントに好きなんですか⁉」

「真咲⁉　一つも言えないってどういうことですか⁉」

譜風には叱られ、苺子は憤慨している。まずい。このままでは苺子に嫌われてしまう。

どうやって挽回しようか頭を悩ませていると、

「あの、真咲さん。これだけは言っておかなければならないことがあります」

譜風は怖いくらいに真面目な顔をしていた。ただならぬ空気に当てられて、真咲も思わず顔が強張《こわば》る。

「えっ……なに？　深刻な話？」

「資産家だった苺子ちゃんのお父様の莫大《ばくだい》な遺産を狙う悪い人たちと戦うために、私たちは秘密組織であるマヨ……」

「突然思いついたような設定を入れるな！　ややこしい！」

十景《とかげ》ならともかく、譜風に真剣に嘘《うそ》を告げられると頭がバグりそうになるから勘弁してほしい。

「……譜風、もしかして……わたしのことは、お金目当てだったの……？」

「ほら、早速ややこしくなった！　だ、大丈夫だよ苺子！　譜風はちゃんと苺子のこと好きだって！」

苺子が涙目になっていたため、フォローにまで入らねばならなくなった。なんで夢の世界の中なのに、こんなに疲れなくてはいけないのか。普段から寝不足だし夢でくらいゆっくりしたいのに。

真咲は背もたれに寄りかかって、眉間に寄っていた皺《しわ》を押さえた。

アドリブ力を高めるのがこの夢の中での目的だとして、ここでは何をどうすればマザーのテストとやらをクリアしたことになるのかわからない。

苺子に好きって言われるような女を演じればいいのか？　苺子の恋人役になれってこと？　……もう全部投げ出したいんですけど。

「……譜風はさー、苺子のどこが好きなの？　教えてよ」

これからどうするか考えるためにも、まずは敵情視察だ。

見ている限りでは苺子と譜風は相思相愛という感じではない。傍目《はため》には譜風の片想《かたおも》いに見えるけれども……。

真咲の視線から顔を背けた譜風は恥ずかしそうに、頬を赤らめた。

「私はちゃんと、何個でも言えますよ。まず、苺子ちゃんは顔が可愛《かわい》いです。背が低いです。あと、漢字が読めないです。長生きしているのにどうしてでしょうね？　良かれと思ってやったことで勝手に借金を作ってきますし、典型的なおバカなんだと……」

「それってほんとに好きなところなんですか⁉　悪口じゃなくて⁉」

ムキーッと怒っている苺子に対して、譜風は穏やかに微笑《ほほえ》んだ。

「いや、褒めてるよ」

「だったらいいんです！　ふふん！　もっと褒めてください！」

少し前に同じやり取りをした真咲は苦笑した。長い時間を生きてきたのにこの知能とは……アホ極まれり。

「あー！　真咲、なにを笑ってるんですか⁉」

「え？　私笑ってた？」

完全に無意識だったから驚くと同時に、今この瞬間に気づいた気持ちがある。

きっと苺子の存在が、晩杯荘の皆を元気にしていると思う。

どんなに落ち込んでいたとしても、家に帰ったときにこの天真爛漫《てんしんらんまん》な笑顔を見てバカな発言に笑い、美味《おい》しいごはんを食べていたら、元気になれるに違いない。

真咲は頰を掻《か》きながら、ふう、と息を吐いた。

「苺子の好きなところ、言うわ。……えーっと……子どもみたい、っていうか子どもなんだけど、皆に美味しいごはんを作ってくれるところ。あと、ムードメーカーってところもあるのかな。良くも悪くも、苺子がいると賑《にぎ》やかなことも多いし。あとはー……うん、なんか、一生懸命なところは普通にいいっていうか、好きだと思ってるけど……」

話していて恥ずかしくなってきた真咲だったが、最後まで伝えきった。いつの間にか顔は熱くなっていた。

「真咲……」

真正面から真咲の告白を聞いていた苺子は、照れるわけでも引いたりするわけでもなく、両手で胸を押さえながらそっと唇を開いた。

「あの、そういうガチな感じのものは求めてないです」

「だったら言わせんなこのやろう！」

苺子の頬を横に引っ張ってから、真咲は羞恥心に堪《た》えられずに発狂してしまった。

「だ、大丈夫ですよ真咲さん！　私はす、素敵な告白だったと思います！」

「やめろ譜風！　フォローはいらん！　余計に死にたくなってくる！」

羞恥が限界突破した真咲は、すべてを吹っ切るように大声で叫んでから、人差し指を苺子に突きつけた。

「ああああもう！　くだらん！　さっさと終わらせてやる！　苺子！　あんたは私と譜風のどっちが好きなの⁉」

「わたしはふたりとも大事です！　選べません！」

曇りなき眼《まなこ》で返事をする苺子の頭を、両手の拳で挟んだ。

「今更そんな答えが許されるわけがないでしょうが！」

堂々巡りだ。この茶番をとっとと終わらせるために問答無用でぐりぐりすると、「ぎゃああ痛いですううう！」と苺子から悲鳴が上がったが無視。早く答えを出しやがれ。

「そうですよ苺子ちゃんのくせに！　どこのヒロインぶってるんですか！　ちゃんと選んでください！」

譜風もなかなか辛辣なツッコミをしていた。

「だって、わ、わたしは……譜風も真咲《まさき》も十景も、ゆき様もマザーも、皆みーんな大好きなんです！　ひとりだけなんて選べないですううう」

……いや、ほんと面倒くさいんですけど……。真咲は苺子の肩を掴《つか》んだ。

「ねえ、苺子は私のどこが好き？」

「え……？　真咲の好きなところ、ですか……？　えっと、そうですねえ……えーと……えーと……ちょ、ちょっと考える時間をもらってもいいですか？」

百年の恋も冷めそうな回答だった。

「……じゃあ、譜風のどこが好きなの？」

「はい！　譜風はわたしの子分なんです！　子分を大事にするのは、親分として当然のことなのです！」

意味がわからん。もうこの設定に無理があるだろ……真咲は大きな溜息《ためいき》を吐《つ》いた。

「……譜風はさ、苺子《このバカ》のどこがいいの？」

「わからないです……」

　謎の力が働いていたとしても、もう限界だった。真咲は頭を掻きむしった。

「だあああ！　アホくさ！　女なら短期集中！　短期決戦！　今から私と譜風があんたに告白するから！　絶対にどちらかを選ぶこと！　いい⁉　文句は受け付けん！」

「「ええー⁉」」

　真咲の強引な進行にふたりから戸惑いの声が上がるも、宣言通り強行する。

「苺子！　これからも毎日、私に味噌汁《みそしる》を作ってほしい！」

　少し古典的すぎたかもしれないが、由緒《ゆいしょ》ある愛の告白だ。

　ドキドキしながら苺子の返事を待つ。一秒がやけに長く感じられる。

「？　えっと……作りますけど？」

　小首を傾《かし》げながらの返答では、決してＯＫとは言えないだろう。

　人間にしかわからない言い回しだったのか？　いや、単に古すぎると言われたら余計にショックだが……とにかく、苺子には意味が伝わらなかったようだ。

「えっと、そういう意味じゃなくてさ……これからもずっと一緒にいてって言ってんの！　苺子のことが好きだから！」

　今すぐ穴を掘ってダイブしたくなった。一体何を言わせるんだ。恥ずかしいにもほどがある。

夢から目覚めた暁には、謎の力なんて使って人の尊厳を無視した行動をさせやがったマザーの顔に、今や真咲の代名詞ともなったパンチを入れてやると誓った。

「真咲……わ、わたしね……」

「待って。返事は譜風《ふう》の告白が終わってからにして」

恥ずかしさとかマザーへの怒りとか、思うところはいろいろとあるけれども。

今はフェアに、正々堂々とひとりの少女へ気持ちを伝える時間なのだ。

「あの……わ、私は言葉で気持ちを表現することが、得意ではないので……苺子ちゃんへの想いを、歌にすることにします」

「あー！　ズルい！　そんなん絶対有利じゃんか！」

そんな飛び道具、フェア精神が足りないどころの騒ぎではない。

真咲の反論を無視して譜風が指を鳴らすと、どこからともなくギターのメロディーが流れてきた。

そして、譜風が歌い出した瞬間——真咲は敗北を悟ったのだった。

◇

舞台は洋館のリビングルームから、崖の上に移動していた。

真咲は足を踏み外したら海に真っ逆さまの断崖絶壁に立っている。なんでこんな命知らずの場所にいるのか相変わらず謎だったが、シチュエーションの突然の変化にちょっと慣れてきている自分が恐ろしい。

風が強い。海を背に立つ真咲に、譜風と苺子《いちこ》がふたりで肩を並べて同情しているような目を向けている。

「真咲さん。これを受け取ってください」

「……なにこれ？」

譜風から手渡された一枚の紙は、小切手だった。

金額を見た真咲の目玉は飛び出しそうになった。『十億円』と書いてあったからだ。

「これで、苺子ちゃんから手を引いてください」

「ば、バカにしてんの!?　お、お金なんかで、私が苺子を諦めるわけが……」

「……本当にいいんですか？　そのお金があれば、あなたは助けたい人を……病弱で治療を受けなければ先の長くない、幼い妹さんを助けることができるのですよ？」

――なんてことだ。この夢の世界の中の真咲には、いつの間にかそんな設定が追加されていたらしい。

もうめちゃくちゃだ。眩暈《めまい》を起こしそうになりながらも、ふらついたら崖から落ちてしまうため両足に力を入れて必死に踏みとどまった。

今ので冷静さを取り戻した真咲の脳裏に、茶番の二文字が浮かぶ。もう早く終わらせてしまおうと思った。

「苺子……譜風と一緒に、幸せになってね」

苺子が伸ばした手を摑んだ譜風は、静かにかぶりを振った。

「ま、真咲さんに言われなくとも、わ……私が苺子ちゃんを幸せにしますので。あと、ここでのアドリブ力テストは合格だと、マザーが認めてくださいました」

「ま、真咲ー！」

「……へ？」

「……さあ、行こう苺子ちゃん」

一番大事なことをさらりと告げてから去っていくふたりの背中を、真咲はポカンと口を開けたまま見送った。

ミッションをクリアできたのはいいけれど……なんて、なんてアホな物語だったんだろう。どっと疲れが押し寄せてきた。

だが今のドロドロアホアホ愛憎劇をクリアしたということは、アドリブ力はそれなりについてきたのではないだろうか？

「ねえマザー、どこかで見ているんでしょ？　私のアドリブ力もついてきたことだし、この夢そろそろ終わらせてくんない？　現実世界に戻りたいんだけど」

マザーに語り掛けるように空を見上げた真咲だったが、次の瞬間には寂れた観光地の駅のベンチに座っていた。

「……まだ続くっての⁉　勘弁してよ！」

真咲の悲痛な声は閑静な街の中に吸い込まれていった。

◇

大衆居酒屋でも、洒落《しゃれ》たバーでもない。

こぢんまりとしたスナックで真咲はひとり、酒を呷《あお》っていた。

「ママ、同じのちょうだい」

「ちょっと真咲ちゃん、飲みすぎなんじゃないの？」

嗄声《させい》のママの心配を無視して、真咲はジョッキを差し出した。

「いいでしょー？　今日くらい、好きなように飲ませてよ」

教会や洋館があったかと思えば、小さなスナックまであったりする。

この夢の世界の設定は一体どうなっているのか真咲には理解できなかったが、なぜか順応してもいた。

「……真咲ちゃん。なにか辛《つら》いことがあったのなら、話してごらんなさい？」

「辛いことっていうか……理不尽で意味わかんないことばっかり起こるんだよ」

「若いのね。人生とはそういうものよ」

「そういうのじゃなくて、この世界が変で……って、やめとく。頭おかしいって思われたくないし。酒が不味《まず》くなるし」

真咲には酔っ払っても頭から消え去らない、一つの懸念《けねん》事項があった。

ゆきと意味不明な二人羽織《ばおり》をして、苺子や譜風とアホな愛憎劇コントまでやったのに、真咲はまだ現実世界に帰れない。

と、いうことは。鍵となる人物が他にいるのだろうか。……まさか、〝アイツ〟とも会って、一緒に何かをしなければいけない？

いや、無理だ。現実世界でだって〝アイツ〟はとんでもないやつだっていうのに、夢の世界の中だったらもっとヤバいやつになっているかもしれないのだ。

想像しただけでゲンナリとする真咲の前に、一杯のカクテルグラスが置かれた。頼んでないと思って顔を上げると、目が合ったママはウインクをした。

「あちらのお客様からよ」

視線を送ると、そこには白いスーツを着たチャラそうな十景《とかげ》が、怪しい笑みを浮かべてグラスを掲げていた。

……いろいろとツッコみたい点があるが、置いておくとして。

やっぱり、十景も出てくるのか……嫌な予感は的中してしまったようだ。

「……あんた、なにやってんの？」

「ふっ、傷心中の子猫ちゃんを放っておけるワケがないじゃないのさ」

「はあ？　ゲロ吐きそうなんだけど」

十景は真咲の隣に座り直し、突然頰に触れてきた。

「今日はずいぶん涙を流したんじゃないのかい？　可愛《かわい》い顔が台無しだよ」

鳥肌が立ちまくった。いつもとキャラが違いすぎる。気持ち悪いを通り越して、さすがに心配になるレベルだった。

「キ、キモ！　やめろ！　っつーか、十景はどうしてそんな格好してんの？」

「見ればわかるだろ？　ホストだよ。こう見えて、店じゃナンバー1《ワン》なのさあ」

「……ほんと、どうなってんのこの夢の中の世界は……」

十景がナンバー1ホストだなんて、この世界の女の目はおかしい。視力は深海魚レベル、聴力は蛇レベルなんじゃないだろうか。

「でも、今月は売り上げがかなり落ちててさ。真咲《まさき》、あたいを助けると思ってちょっとだけ店に遊びに来てくれない？」

「は？　行くわけないじゃん。十景が雇われているホストクラブなんて、きっとロクなもんじゃないに決まってる……って!?　なにしてんの!?」

「なにって……口説《くど》いているに決まっているじゃないか」

カウンターの上に置いていた手がいつの間にか握られていた。相手はあの十景だというのに、真咲はなぜか動揺していた。

「来てくれるだろ？」

「だから行かないって！」

「シャンパン、何本入れてくれるんだい？」

「いや、クズじゃん！　貢《みつ》がせるつもり満々じゃん！」

元々、真咲にはホストにハマる人の気持ちはわからない。現にこうして、口では「行かない」と頑《かたく》なに断っている。

頭でも「絶対に痛い目にあうからやめておけ」と理解しているのに、このクズみたいなホストにハマりそうになっているのは、やはり謎の力が働いているのだろうか。

十景にじっと見つめられて、真咲は言おうと思っていた言葉を呑《の》み込んでしまった。

――結局、十景の手を振り解《ほど》けなかった時点で、負けだったのだ。

「……今日だけ。一回だけだからね」

「本当かい⁉ ありがとう真咲！ 愛してるよ！」

手の甲にキスをされて「調子に乗るな！」と頭にチョップを食らわせてやったものの、十景はヘラヘラとした笑みを顔に貼り付けるだけだ。

……まあ、いいや。どうせ夢の世界の中だし、ホストクラブに行くなんて初めてだし、いい経験になるかもしれないし。

「ちなみにあたいが今日も売上ナンバー1を継続できたなら、マザーのアドリブ力テストは合格になるよ」

「そっちを先に言えよバカ！」

無駄なやり取りをしてしまったではないか。真咲は溜息《ためいき》を吐《つ》いて立ち上がった。

「ママ、お会計。私ちょっと、ホストに貢いでくるわ」

「真咲ちゃん……心配だわ。でも、あえてここは送りだすわ。あなたがNewTuber《ニューチューバー》として、いいえ、女として一皮剝《む》けるためには必要なイベントだと思うから」

十景をはじめ、今まで真咲の夢の中に出てきた主要人物は皆知り合いである。なのに、ママだけが真咲の記憶に存在しない。

完全に初対面のはず……なのだが、何か引っかかる。真咲が忘れているだけで、どこかで会っているのだろうか？

……まあ、忘れるってことは、そんなに深い間柄ではなかったのだろう。そう結論づけた真咲は、その後ママと少しだけ話をしてから店を出た。

一刻も早くこの夢から目覚めたい。だけど、ママとの別れは少しだけ寂しいと思った。

◇

「あたいの店はここさ」

「……寂れた観光地にあるホストクラブにしては、ずいぶん広いし豪華じゃん……っていうか、宮殿みたいな内装にビビるんだけど」

十景が勤めている店は真咲がイメージする東京の高級ホストクラブそのもので、思わずきょろきょろと首を動かしてしまう。

「っていうか十景……って、名前言っていいの？　源氏名とかあるんじゃないの？」

「あたいには十景って名前が一番似合っているからね。それ以外は考えられないのさ」

「……あ、そう」

適当に相槌《あいづち》を打ちつつ、店内をぐるりと見回してみる。

大人数で盛り上がっているテーブルもあれば、静かにお喋《しゃべ》りを楽しんでいる客もいる。見るからにパリピ女子もいれば、裕福そうなオーラ全開の婦人もいて千差万別だ。

「とにかく、酒でも持ってきてよ。せっかく来たんだもん。楽しませてくれるんでしょ？」

真咲はそう言って、高そうなソファーにドカッと勢いよくもたれかかった。我ながら態度の悪い客である。

まだこの夢の世界から出られないのは、マザーのいうアドリブ力とやらが足りないからだろうか。だとしたら、なんとかこの〝十景の売上一位を継続する〟というミッションを達成して、そろそろ合格判定をもらいたいところである。

問題は真咲にお金があるかということだが、夢の中だしいくら使っても別に逃げてしまえば問題ないだろう……お金？

「――って、ああ⁉」

「ど、どうしたんだい真咲？」

急に大声を出した真咲に、十景は驚いているようだった。

苺子《いちこ》への失恋（？）のショックですっかり忘れていたけれど、真咲は思い出したのだ。

十景には見えないようにして、ポケットの中から譜風《ふう》からもらった小切手を取り出した。

今、なんと真咲は十億円持っている。ちょっと高い酒を飲んだところで、なんの問題もないくらいには金持ちだ。

……十景にバレたら何されるかわからないし怖いから、秘密にしておこう。

「さて、真咲。注文はどうする？　あたいとしては、このあたりの酒を頼んでくれるとありがたいんだけどね」

メニュー表の中で十景が指差したのは、普段の真咲ならどんなに奮発しても飲まないような高級酒だった。反射的に眉をひそめてしまう。

「……ちなみに、この店で一番高い酒って、どれくらいすんの？」

「一番高い酒はこれさ」

「はあ⁉　こ、これ一本でどんだけいい機材が買えると思ってんの⁉」

十景が教えてくれた酒は十億円を持っていたとしても、真咲の金銭感覚ではツッコまずにはいられないほど高価だった。

——いや、落ち着け。私には十億円ある。それに、現実世界に帰るためなら決して高くはない金額だろう。

「十景、このシャンパン入れてもいいよ」

決意した真咲が指したのは、この店で最も高い酒だった。

「……ホントかい？　っていうか、真咲に払えるのかい？　ホストクラブは金の取り立てには厳しいんだよ？」

「まあ、大丈夫大丈夫。今日だけね」

「前から思っていたけれど、真咲って最高にイイ女だよねえ♡　今夜はずっと一緒にいられるなんて、あたいは超幸せ者だね！」

すっかり上機嫌の十景を見ながら、真咲はずっと気になっていたことを尋ねた。

「……ねえ、十景って本当にこの店でナンバー1ホストなの？　全然信じられないんだけど。あんた狙いの客、今日この店にひとりもいないみたいだし」

「まあ、信じてくれなくてもいいよ。でも、あたいがギャンブルと真咲を大切に想《おも》っている気持ちだけは、信じてほしいねえ」

再び手を握られたせいで、体がビクッとした。

「な、なによ。高い注文を入れたからって調子に乗んなよ」

「あたいには真咲がいなきゃダメみたいだ」

真咲は咄嗟《とっさ》に十景から目を逸《そ》らした。

たかが十景相手だというのに、悔しいけれどまたときめいてしまったのだ。普段なら絶対ないのに、なんて理不尽な世界なんだろうか。

赤くなった頬を絶対に見られまいと必死に顔を背けていると、

「あれ？　真咲じゃん？」

聞き馴染《なじ》みのある声がした方に、振り向いた。

「……橘花《きっか》⁉　なんであんたがここに⁉」

「なんでって……私、このホストクラブでナンバー2《ツー》だから。ね、十景さん？」

「そうそう。橘花はいつまで経《た》ってもあたいを超えることができない、永遠の二位なんだよねえ」

棘《とげ》しかないやり取りに挟まれた真咲は冷や汗を掻《か》いた。

ふたりの間には面倒くさそうな火花がバチバチと飛び交っているように見える。

「ツッコミどころは満載なんだけど……橘花も本名でホストやってんの？」

「まあね。それより……真咲に紹介したい人がいるから。ついてきて」

そう言って先を歩く橘花に渋々ついていくと、案内されたテーブルにはひとりの女性客がいた。

……いや、待って。なんだか見覚えがある気がしてならない。真咲は自分の顔が引きつっていることを自覚した。

「もう、きっちょむう～♡　今日はずっと乙美《おとみ》の側《そば》にいるって言ったじゃん！」

この鼻にかかる甘い声にも聞き覚えしかない。

彼女もかつて真咲と共にNewTube《ニューチューブ》活動に全力を注いできた仲間だった。

「え⁉　乙美までホストやってんの⁉　この世界ってどうなって……って、あれ？」

自分で尋ねておきながら、違和感を覚えた。

十景《とかげ》と橘花はスーツ着用で雰囲気も言動もチャラくて、もう見た目からして「ホストやってます」みたいなオーラを出しまくっているけれど、乙美はちょっと違う。

なんというか、地雷系ファッションというのだろうか？　真咲の周りにはあんまりいなかったタイプの服装をしている。

「違うよ？　きっちょむはね、乙美の担当なの。言っとくけど、同担拒否だからね？　真咲は誰狙いでここに通ってるの？」

「待って。専門用語が多くてよくわかんないんだけど、とりあえず私は橘花狙いでは断じてないから！」

そう断言すると、乙美は表情を輝かせて隣に座った橘花にベッタリとくっついた。

「あー、よかった。今度は乙美が真咲《まさき》のことパンチしちゃうところだったよお～」

「その記憶は現実世界と共通なんだ⁉」

なんてことだ。この夢の世界の中での乙美は、橘花というホストにのめり込んでいる客のようだ。若干メンヘラっぽい気配もあるし。

「……こんなふたりの姿は見たくなかったわ……」

真咲の複雑な胸中など露知らず、橘花はこの店では王子様キャラなのか大袈裟《おおげさ》に乙美の手を取って、息のかかる至近距離で囁《ささや》いた。

「乙美、私……十景さんにも真咲にも、どうしても負けたくないんだ……力を貸してくれるよね？」

「うん！　もちろんだよ！　今日は乙美の本気見せちゃうから！　カードの限度額も引き上げてきたし、借金だってじゃんじゃんする覚悟だよ！」

頬を赤らめて、とんでもないことを口にする乙美にドン引きしてしまった。

「……まあ、それが乙美の幸せなら止めないけどさ……」

い選択をした。

所詮は他人事《ひとごと》だし、夢の中だし。そう思って破産まっしぐらの乙美を助けることはしな

「そうそう。乙美の幸せは借金まみれになろうとも私を輝かせることだから。私をこの店のナンバー1ホストにするためなら、なんだってやってくれるよ」

「橘花おまえ、クズホスト役がハマってんな!?」

「?　役って何?　私は、本気でホストやってるから。だから誰にも負けたくない。真咲が十景さんを応援するなら、負けたくない理由が増えたし」

全然わからないし知りたくもないけれど、橘花は何か理由があって十景を一方的に敵視しているらしい。

「ハッ、言ってろ。私と十景は元から橘花なんて相手にしてないし。今日の売上も十景が勝つよ。だって、私がいるからね」

橘花に負けたくないという気持ちがメラメラと燃え上がる。好戦的なのは謎の力が働いているわけではなく、元々の真咲の性質なのだ。

「きっちょむは絶対、乙美が勝たせるもん!」

真咲が鼻で笑ってその場を後にすると、橘花の舌打ちが聞こえてきた。

自分のテーブルに戻ってくると、待っていた十景が真咲の顔を覗《のぞ》き込むようにして尋ねてきた。

「おかえり真咲」

「橘花と真咲が知り合いだったなんて、驚きだよ。なんか険悪みたいだったけど、どうしたんだい？」

「ちょっと込み入った事情があんの。でも、十景にとっては良いニュースだと思うけど？」

真咲は十景のネクタイをぐいっと引っ張って、ニヤリと笑った。

「私、あんたを絶対勝たせるから」

◇

真咲と乙美は最初の方は互いの様子を窺《うかが》いながら、対抗意識丸出しで相手より高い酒を一本でも多く注文するやり方を取っていた。

だが酔いが回ってくると、少なくとも真咲の方はもう観察とか計算とかどうでもよくなってきた。十景のコールに乗せられ酒を頼めば頼むほど、何人もの男装ホストがやってきてチヤホヤされて、脳内からドーパミンが大量に生産されているのを感じる。

現実世界で炎上したときに見て脳裏に焼き付いてしまった、アンチコメント。

何も知らないくせに執拗《しつよう》に叩《たた》いてくる連中。

マヨぱんのチャンネル登録者数が思うように伸びない現状。

真咲の心にまとわりつく不快なモノをすべて忘れさせてくれる快楽が、ここにはあった。

——金ならあるし、いいや！

結果、ホストクラブに来るのは初めてだというのに、真咲は豪快な遊び方をしていた。

「とーかーげー！」

「なんだい？ あたいの可愛《かわい》い子猫ちゃん♡」

羽振りのいい真咲《きゃく》に、十景はもうメロメロのようだった。

「ちまちま注文すんのは、もうやめだ！ この店にある酒を全部持ってこい！ 皆で飲むぞーー！」

酔っ払い特有の大声で宣言したものだから、店内は真咲の注文にドッと沸き上がった。

「まっ……真咲ってば……もう超ラブ！ 愛してる！ 今日だけはギャンブルよりあんたの方が大事だよお～！」

「とーぜんでしょうが。まだまだ酒が足んないぞー！」

ホスト的な格好つけを忘れるくらいの興奮だったようで、十景は真咲の頬に掃除機のように吸い付いた。全然ときめかないキスだったけれど、今までで一番喜んでくれる十景を見て真咲は思わず頬が緩んだ。

だが、お祭り騒ぎとなった店内で、冷静な人間がふたりだけいた。

「真咲……大丈夫なの？」

ふわふわしながら声のした方を振り向くと、すっかり酔いも醒《さ》めたのか、さっきまで赤い顔だったのに真面目な表情をする乙美がいた。

「なにがー？　お金のことー？」

「そうだよ！　本当に払えるの？　……ホストクラブでお金を払えないってなると、かなり大変なんだよ？」

乙美が心配してくれる様子が伝わってくる。橘花の常連客だと言っていたし、ホストクラブに通う中でそういう修羅場を何度か見てきたのかもしれない。

橘花も周りに聞こえないように耳打ちしてきた。

「元メンバーとはいえ真咲とは付き合いも長いし、このまま見捨てるのも後味悪いから忠告してあげる。やめときな。……悔しいけど、今日はもう私は十景さんに勝てない。このまま勝負は終わりにしよう」

「橘花……」

橘花は口も悪いし、真咲とは衝突してしょっちゅうケンカしてきた。

心底ムカつくと思ったことも多々あるけれど、なんだかんだいって根は優しいということも知っている。

——だが、それと今の話はまた別の問題だ。

「橘花も乙美も、私に負けるのが怖いんでしょ？」

「「は？」」

「このままいけば確実に私が勝つしね！　今のうちに引き分けにしようっていう魂胆なんでしょ？　バレバレなんですけど！」

眉間に皺《しわ》を寄せた橘花が、明らかに腹を立てている様子で真咲の肩を摑《つか》んだ。

「なんなのその言い方。ウチらは真咲のことマジで心配して言ったつもりなんだけど」

「その手には乗るか！　この勝負は私の勝ちだから！　ざまあみろ！」

「はあ？　……もういいよ。優しくして損したっつの！」

そう言って橘花は真咲から手を離した。

「それよりさー、今日のホスト遊び、はりシスの企画でやってみたら伸びたと思わない？

『全財産使ってホストクラブで豪遊してみた』みたいな感じでさ！」

　真咲の話を聞いていた乙美と橘花は、顔を見合わせた。

「……相変わらずのＮｅｗＴｕｂｅｒ《ニューチューバー》脳だね、真咲は。でも、面白そうかも？　きっちょむ、全財産は無理だけど今度やってみる？」

「いや……ほんとクズじゃん。企画はまあ……アリかもだけど、はりシスではやめた方がよくない？　はりシスの視聴者って私と乙美が仲良くしているのを見るのが好きな人が多いから、ホストクラブとか行ったら炎上するんじゃない？」

　炎上、という単語でふたりがハッとしたように真咲を見た。

「な、なんだよその目は。つーかさ、思いつきとはいえ私のアイデアを使おうとすんなって！　私はもう部外者なんだからさ！」

「真咲……」

　インターネット上に書き込まれた『まさ吉《きち》』に対する数多くの罵詈雑言《ばりぞうごん》を思い出してしまい、真咲の顔は引きつっていた。

「と、とにかく！　あんたたちも一緒に飲もう！　今はもう全部忘れて！」

「真咲……オッサンみたい……」

　思うところもあれど、アルコールが回っている真咲に深い思考ができるはずもなかった。

皆で大騒ぎしながらどんどん酒を摂取することで、真咲はテンション高めの酔っ払いから、質《たち》の悪い酩酊《めいてい》状態になっていった。

なにがマザーだ、アドリブ力だ、バカ野郎。もうどうだっていいわ。

こうやって酒飲んで、遊んで、騒いで、チヤホヤしてもらって、こういうのが一番楽しいじゃん。炎上とは無縁だし、まるで夢の国じゃん。……いや、実際には夢なんだけどさ。

でもこうやって楽しいことだけして生きていけたら、最高だよね。

辛《つら》いことなんて何もないし、もう、目覚めなくてもいいんじゃない？

「真咲〜、あんた本当に素敵じゃないか〜。こんな夜になるとは思ってなかったよお〜」

かなりハイペースで飲んでいた十景《とかげ》も相当酔っているのか、真咲の肩にもたれかかった。

「ちょっ、重い。離れろ。数百年も生きてんのに先に潰れるとかダサいんですけど？」

「そんなツンツンすんなよお。あたいだってシャンパンより、本当は血が飲みたいんだよお……飲ませてくれるかい？　真咲の血が飲みたいんだよ……」

——真咲の心がざわついた。

なんだ？　いや、誰だ？　私は今、誰を思い出そうとしている？

「と、突然なに言ってんの？」

「真咲はさあ……こういう楽しい夜だったり、あるいは寂しくてひとりでいられないような夜にさ……一緒に飲みたい大切なやつって、いないのかい？」

その言葉を聞いて、真咲は目を見開いた。

思い出した——思い出したのだ。

この夢の中の世界では一度も、姿を見せていないやつを。

今まで不自然なほどに、忘れていたそいつの存在を。

「真咲《まさき》の血が飲みたい！　飲ませて！」としつこいくらいに口にして、一緒に動画を撮影して、バカやって、真咲にたくさんの笑顔を向けてくれた、そいつのことを。

——どんなときも真咲を気にかけて、一番近くにいてくれたというのに。

「……マジで、そろそろ起きないとだわ」

謎の力なんてもう知らない。マザーの命令なんて聞いていられるか。

真咲は決めたのだ。今すぐにこの夢から目覚めて、〝りぶ〟に会うのだと。

「悪いね十景。私の血には……先約がいるから」

「はあ？」

十景は不可解そうに小首を傾《かし》げた。普段から「好きなものは真咲と、真咲の体を流れる

〜♡」と公言しているりぶを知らないということは、やはりこの世界にりぶは存在していないのだろう。

尚更《なおさら》、帰らないわけにはいかない。

真咲は立ち上がり、シャンパンを瓶ごと手に持った。

「十景！　私そろそろ帰る！　上客が帰るんだから、ホストなら見送りまで派手に盛り上げてみせなさいよ」

「ふっ。あたいを誰だと思ってるんだい？　ただのホストじゃない……ナンバー1ホストの十景様だよ！」

十景が真咲の考えを察しているのかどうかはわからない。

ただ、十景はちゃんと客の要望に応えてくれる、なかなかできるホストではあるようだ。

「よーしおまえらー！　姫の最後を盛り上げるぞー！」

「「「おおー！」」」

十景を中心に、橘花《きっか》やその他の出勤しているホスト全員が真咲を囲んでシャンパンコールをしはじめた。

「もっとちょうだい！」

「「「もっとちょうだい！」」」

「たくさんちょうだい！」

「「「たくさんちょうだい！」」」

「「「可愛い！　姫の！　愛を！　ちょうだい！」」」

ノリがよく、軽快なリズムで盛り上げられるコールはかろうじて耳には入ってくるが、ふらふらの真咲の脳みそまでは届いてくることはなかった。

これを飲んだらぶっ倒れるとわかっている。

だけど、女には戦わなければならないときがある。

「やるぞお！　見てろ！」

酔っ払って限界を迎えつつある体に、アルコール度数の高いシャンパンを一気に流し込んだ。完全にオーバーキルだった。

真咲の視界はぐらんぐらんと回り、持っていたシャンパングラスから手を離した。テーブルの上に落ちたグラスが音を立てるのとほぼ同時に、真咲は力尽きたようにソファーに倒れ込んだ。

女性客の悲鳴や対応に追われる黒服の声で、店内はさっきまでとは違うベクトルで騒々しくなった。

しかしそれらの声は次第に遠く、遠くに消えていく。

真咲は夢と現実の間で、クリーム色の世界の中で、浮遊していた。


おい、聞けよマザー。

私は十景の願いを叶えて、禍根の残る橘花や乙美《おとみ》とも一緒に飲んで、皆を盛り上げた。

アドリブ力とやらが十分身についたからこその成果だと思うんだよ。

だからそろそろ、いいんじゃゃん？

今すぐに、会いたいやつがいる。やりたいことがあるんだ。

早く目覚めさせてくれよ。帰りたい場所があるんだ。

あいつらのいるところ——りぶの元へ！

◇

目を開けて最初に視界に入ったのは、見慣れた天井だった。

ぼんやりとしていた頭が、ゆっくりと現実に戻ってきたことを実感させていく。どうやら真咲は自室のベッドの上にいるようだ。

「……ようやく、起きられたか……」

目を覚ましたのはいい。だが自分でも驚くくらい夢の内容を覚えているせいで、恥ずかしさから布団《ふとん》を被《かぶ》って悶《もだ》えた。

――マザーの野郎、なんて夢を見せやがったんだ。やっぱ、パンチのひとつでも食らわせないとマジで気が済まないんですけど！

とりあえず時間だけ確認しようと思い、布団の中から顔を出す。

今は朝なのか、夜なのか。カーテンからちらりと見える外はまだ真っ暗だ。

変な時間に寝てしまったなと小さく息を吐く。まだやれると思っていたけれど、やはり寝不足がたたったのだろう。

「……少し仮眠したと思って、また頑張りますか」

そういえば……リビングで寝てしまったような気がするのだが、どうしてベッドにいるのだろう。疑問に思いながら寝がえりを打つと、

「う、わ⁉」

思わず声が出て、壁までのけぞった。

いつから隣にいたのだろう。気持ちよさそうに眠るりぶの姿があった。

もしかしたらリビングで寝た真咲が風邪を引かないように、あるいは少しでもぐっすり眠れるようにと気を遣って、ベッドまで運んでくれたのかもしれない。

すっかり眠りこけているりぶの寝顔を見ながら、真咲はもう一度自分も体を倒し、その顔をじっと見る。

人——いや、ヴァンパイアなんだけど。それでもベッドの中に誰かのぬくもりがあるということに、安心感を覚える。

なんであんな変な夢を見てしまったのか。自覚したくなくてとぼけているけれど、本当は真咲だってわかっている。

自身のやらかしで炎上し、『はりきりシスターズ』を脱退させられた。

一緒に住んでいた橘花と乙美が引っ越してからは特に考えないようにしていたが、真咲はずっと寂しい気持ちを抱えていた。

だけど——

——りぶには君が必要だよ。

初めて出会ったとき告げられた言葉に、どれだけ救われたか。

——今の真咲には、りぶがいる。

ヴァンパイアの力を使って動画を撮ることが禁止され、『ちゅうちゅうがーるず。』がなくなってしまったときに、そう言ってくれたことがどれだけ嬉《うれ》しかったか。

りぶが仲間になってくれて、苺子《いちこ》と譜風《ふう》と十景もメンバーに加わった。

マヨぱんの皆でチャンネル登録百万人という目標を掲げて、達成するために夢中になれる毎日が楽しかった。

晩杯荘《ばんぱいそう》に引っ越してきて……バカばっかりだしいつもうるさいけれど、いつも「真咲！」と懐《なつ》っこい笑顔を向けてくれるりぶや、皆のおかげで救われている部分も大きいのだ。

それもこれも、全部、あの夜にりぶに会えたから生まれた奇跡の積み重ねだ。

バカみたいな夢のおかげで、改めて実感することができた。

「……スナックのママだけは誰だかわかんなかったけど……もしかしたらあんたらのマザーを私が勝手に想像したのかもね。どう？　似てた？」

永遠に答え合わせのできない謎を尋ねても、りぶは相変わらずスヤスヤと寝息を立てるだけだ。

「……ありがとね、りぶ。あんたと出会えて、良かった」

だから真咲は素直にその言葉を伝えることができた。

りぶが起きているときは、恥ずかしくて面と向かっては言いづらいから。

「まあ、だからといってこんな夢を見るなんて、どうかしてるよね」

真咲は自嘲してから、すう、と息を吸った。

「真夜中なのに、おっはよー！」

「うわっ!? なになになに!? どした!?」

寝ているときに耳元で大声を出されたりぶは、パチッと目を覚ました。

「おはようりぶ。なんで人の部屋で爆睡してんの？」

「お、おはよー真咲……べ、別におかしなことはしてないよ!? リビングで寝ちゃった真咲をベッドまで運んで、ちょっとだけ添い寝しようと思ってたら、ベッドの中があったかくてついウトウトして——」

「変な言い訳しなくていいって。余計に怪しいんですけど」

りぶを押しのけてベッドから下りた真咲《まさき》は、背伸びをしてから振り向いた。

「ねえ、ちょっと聞きたいことがあるんだけど。あんたらのマザーってさ、人の夢の中に介入できたりすんの？」

「へ？　なにその怖い話。聞いたことないなあ。そんな力はないんじゃないかな」

「………え？」

真咲はあの夢を〝大切なことを真咲に気づかせるためにマザーが無理やり見せた夢〟だと思い込んでいた。それなら良いも悪いも全部マザーのせいにできたというのに、実際のところマザーがやったという証拠は何一つないらしい。

自分の寂しいという潜在意識が見させた夢だったのだとしたら、こんなに恥ずかしいことはない。……っていうか、何があっても認めたくない！

「真咲？　なんでそんなこと聞くの？」

「な、なんでもない！　こっちの話！」

「えー!?　気になる気になる！　あ！　もしかして、りぶのことが好きすぎて夢に出てきたとか？」

「ちょ、調子に乗んな！　違うっつの！　ほら、早く皆のところに行こ！」

深く考えないことに決めた真咲は、りぶを急《せ》かしながら階段を降りた。

すでにリビングルームには苺子も譜風も十景《とかげ》も揃《そろ》っていた。

「ふたりとも、やっと起きましたね！　遅いです！」

苺子は頬を膨らませている。

「今日はどんな動画を撮るんだい？」

タバコをふかして、十景がニヤリと笑う。

「わ、私、頑張りますね。昨日の撮影では、失敗しちゃったので……」

譜風は気合が入っているのか、いつもより前のめりだ。

いつもの何気ない晩杯荘の光景が、真咲の頬を緩ませる。

皆、バカばっかりだけど、今の真咲の大切な仲間なのだ。

「よーし、早速撮影はじめるよ！　目指せ、チャンネル登録百万人！」

「「「「おー！」」」」

全員が右手を上げて声を出す。心が一つになっている。

こんなときはきっと、面白い画《え》が撮れるはずだ。

「真夜中なのに、おっはよー！　真夜中ぱんチ、りぶだよ！」

「苺子！」

「譜風です」

「と〜か〜げ〜！」

世界で一番騒がしくて面白い真夜中の撮影が、今日もまた、はじまる。

あとがき

「クズだったり、バカだったり、癖が強かったり……だけど愛さずにはいられない魅力に溢《あふ》れたマヨぱんの物語は、書いていて「楽しい！」しかありませんでした。

　無限に書き続けたかったのですがページ数の関係上、今回文字に起こせたのはマヨぱんの日常のほんの一部でしかありません。しかし小説にならないだけで、彼女たちは今日も和気あいあいと動画撮影に励んでいるのでしょう。

　そんな彼女たちに想《おも》いを馳《は》せながら、マヨぱんのいちファンとして、チャンネル登録百万人という目標を達成できるよう願うばかりです。

　もっといろんなエピソードが見たい、彼女たちのことを知りたい皆さま。現在放送中のTVアニメはもちろん、好評発売中のコミカライズでも彼女たちに会えますので、ぜひチェックしてくださいね。
　P.A.WORKSさまのオリジナルアニメのノベライズを担当させていただくという

ことで、執筆にあたりましてはたくさんの方々のご協力をいただきました。

本間《ほんま》監督をはじめ、アニメチームの皆さま。

〝真夜中に動画撮影をするヴァンパイア〟という、設定だけでも面白さが確約されている最高のアニメーションに携わらせていただく貴重な機会をいただけましたこと、心より拝謝申し上げます。マヨぱんのことを考え続けた日々はとても楽しく、幸せな時間でした。

ことぶきつかさ先生。自分の書いた文章に先生がイラストを描いてくださる日がくるなんて、今でも信じられません。光栄に存じます。本当にありがとうございました。

そして、この本をお手にとってくださった皆さまには最大級の感謝を申し上げます。

ノベライズによってひとりでも多くマヨぱんファンを増やすことができたのなら、彼女たちもきっと喜んでくれると思います。

『真夜中《まよなか》ぱんチ』は2024年7月現在、TVアニメが絶賛放送中です。

回を追うごとにキャラクターに愛着が湧き、面白さが増していくアニメだと思います。

応援のほど、よろしくお願い申し上げます！

日日綴郎《ひびつづろう》

富士見ファンタジア文庫

真夜中《まよなか》ぱんチ

ワケあり動画投稿者《どうがとうこうしゃ》はヴァンパイア!?

令和6年7月20日　初版発行

著者――日日綴郎《ひびつづろう》

原作――動画投稿少女《どうがとうこうしょうじょ》

監修――「真夜中《まよなか》ぱんチ」製作委員会《せいさくいいんかい》

発行者――山下直久

発　行――株式会社KADOKAWA

〒102-8177

東京都千代田区富士見2-13-3

0570-002-301（ナビダイヤル）

印刷所――株式会社暁印刷

製本所――本間製本株式会社

ISBN978-4-04-075452-9 C0193 ◇◇◇

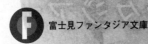

切り拓け！キミだけの王道
ファンタジア大賞
原稿募集中！
賞金
《大賞》300万円
《金賞》50万円
《銀賞》30万円
選考委員
細音啓「キミと僕の最後の戦場、あるいは世界が始まる聖戦」
橘公司「デート・ア・ライブ」
羊太郎「ロクでなし魔術講師と禁忌教典《アカシックレコード》」
ファンタジア文庫編集長
前期締切 8月末日
後期締切 2月末日
公式サイトはこちら！ https://www.fantasiataisho.com/
イラスト／つなこ、猫鍋蒼、三嶋くろね